Tschingis
Aitmatow

Aug in Auge

AF639274

Zu diesem Buch

Als der Militärzug mitten in der Nacht bei der kleinen kirgisischen Bahnstation anhält, löst sich ein Schatten von einem Waggon. Ismail ist als Deserteur heimlich von der Front zurückgekehrt.

Sejde will zu ihm halten. Welche Frau hat in diesen Tagen schon das Glück, ihren Mann bei sich zu haben!

Sie versteckt ihn und bietet dem ganzen Dorf und den Polizeikommissaren die Stirn. Im tiefsten Winter schleppt sie Nahrung in die Berge, wo sie selbst und das ganze Dorf doch Hunger leiden. Aber Furcht, Existenznot und Misstrauen verändern den Menschen. Etwas Ungutes taucht in den Tiefen von Ismails Augen auf.

»Aug in Auge« ist Aitmatows Erstling, ein Jahr vor »Dshamilja« erschienen.

Der Autor

Tschingis Aitmatow wurde 1928 in Kirgisien geboren. Nach der Ausbildung an einem landwirtschaftlichen Institut arbeitete er zunächst als Viehzuchtexperte in einer Kolchose. Nach ersten Veröffentlichungen zu Beginn der Fünfzigerjahre besuchte er das Maxim-Gorki-Literaturinstitut in Moskau und wurde Redakteur einer kirgisischen Literaturzeitschrift, später der Zeitschrift »Novyj Mir«. Mit der Erzählung »Dshamilja« gewann er Weltruhm.

Im Unionsverlag sind außerdem lieferbar: »Abschied von Gülsary«, »Aug in Auge«, »Dshamilja«, »Du meine Pappel im roten Kopftuch«, »Frühe Kraniche«, »Goldspur der Garben«, »Das Kassandramal«, »Kindheit in Kirgisien«, »Die Klage des Zugvogels«, »Der Schneeleopard«, »Ein Tag länger als ein Leben«, »Die Träume der Wölfin«, »Der weiße Dampfer« und »Liebesgeschichten«.

Tschingis
Aitmatow

Aug in Auge

Aus dem Russischen von
Hartmut Herboth

Unionsverlag
Zürich

Die russische Originalausgabe erschien 1958
unter dem Titel *Licom k licu.*
1989 erweiterte der Autor den Text (Seiten 54 bis 93).
Diese Fassung erschien 1989 erstmals
im Unionsverlag, Zürich.

Im Internet
Aktuelle Informationen,
Dokumente, Materialien
www.unionsverlag.com

Unionsverlag Taschenbuch 418
© by Tschingis Aitmatow 1989
© by Unionsverlag 2008
Rieterstrasse 18, CH-8027 Zürich
Telefon 0041-44-283 20 00, Fax 0041-44-283 20 01
mail@unionsverlag.ch
Übernahme der Übersetzung mit freundlicher Genehmigung
des Verlags Volk und Welt, Berlin
Alle Rechte vorbehalten
Reihengestaltung: Heinz Unternährer, Zürich
Umschlaggestaltung: Andreas Gähwiler, Zürich
Umschlagfoto: Ian Harvey
Druck und Bindung: CPI – Clausen & Bosse, Leck
ISBN 978-3-293-20418-8

Die äußeren Zahlen geben die aktuelle Auflage
und deren Erscheinungsjahr an:
1 2 3 4 5 - 11 10 09 08

Vorwort

Zum erstenmal in meiner schriftstellerischen Praxis habe ich mir etwas längst Veröffentlichtes von neuem vorgenommen. Die Erzählung *Aug in Auge* ist über dreißig Jahre alt. Vielleicht hat sogar mit dieser kleinen Arbeit mein literarischer Weg überhaupt begonnen. Wenn sie dennoch einige den Leser bis heute bewegende Gedanken enthält, so zeugt das, denke ich, vor allem davon, daß sie aufrichtig konzipiert war. Ich habe versucht, die Lebenserfahrungen in sie einzubringen, über die ich damals verfügte – das Ende meiner Kindheit und meine Jugend waren ja im Krieg und in den ersten Nachkriegsjahren verlaufen. Mit vierzehn wurde ich Sekretär des Sowjets in unserem Ail, danach war ich Steueragent, das heißt, ich kassierte bei den einzelnen Familien die Steuergelder ein. Es war eine große Bewährungsprobe, die meine jugendliche Psyche formte. Ich sah Menschen in der extremen Situation dieser Kriegs- und Nachkriegsjahre und trug selbst nach Kräften meine Last.

Man könnte meinen, es sei unnötig, sich des Vergangenen zu erinnern, doch wird heute, wo wir mit Glasnost und Perestroika einen gesellschaftlichen Aufschwung erleben, in dem sich uns vorher verbotene schöpferische Tore öffnen, besonders deutlich, daß wir zu unserer Zeit bei weitem nicht die ganze Ernte von den literarischen Feldern eingebracht haben. Ja, vieles war verboten, vieles wurde tendenziös behandelt, doch es gab auch auf ihre Art sich heranbildende Ansichten darüber, wie zum Beispiel der Krieg und der Mensch im Krieg darzustellen seien – wir hatten ja gesiegt, also mußte dementsprechend auch der literarische Held auftreten. Und so darf vielleicht jetzt, nach vielen Jahren, zur Ehre des noch blutjungen Prosaschreibers, der ich damals war, angemerkt werden, daß ich mich einem Thema zugewandt hatte, das, soweit mir bekannt ist, zu jener Zeit noch von fast niemandem aufgegriffen worden war – nämlich dem Schicksal eines Deserteurs, seiner Frau und seiner Mutter.

Die Erzählung *Aug in Auge* wurde 1958 in der Zeitschrift *Oktjabr* abgedruckt, sie fand die Anerkennung der Leser, und auch die Kritik versagte ihr nicht ihre Aufmerksamkeit, aber, ich wiederhole es, das ist lange her, und so habe ich mich dennoch entschlossen, mich ihr erneut zuzuwenden und sie durch das zu ergänzen, auf das ich seinerzeit der Zensur wegen verzichten mußte – gewisse Passagen und bestimmte Verhaltensweisen meiner Helden, die vordem meinem Werk das Leben schwer gemacht hätten.

Ich denke, es ist mir nunmehr gelungen, die tiefe Tragik der damaligen Menschen umfassender zu zeigen, die daraus erwuchs, daß der Krieg nicht nur zu einem siegbringenden historischen Ereignis für uns wurde, sondern auch eine sehr schwere Prüfung für jeden Einzelnen war. Schon sein Verlauf machte bewußt, was uns heute so sehr besorgt: Der Krieg als solcher ist eine schreckliche, zerstörende Kraft, er bedeutet so oder so selbst für die siegreiche Seite ein gewaltiges Unglück und viele Opfer. Schon damals entstand der Konflikt zwischen der Einzelpersönlichkeit, dem einzelnen Menschen, und dem gemeinhin gültigen Begriff der Pflicht, speziell der soldatischen Pflicht.

In der früheren Fassung der Erzählung wurde diese Kollision in gewisser Weise umgangen, da dabei die Ausmerzung des Kulakentums eine bestimmte Rolle spielte, die, wie wir einst annahmen, ein Faktor des Klassenkampfes war. Sie gehörte in der Tat zum Klassenkampf, nur wurde dieser Kampf gegen die gesunden bäuerlichen Kräfte geführt, gegen die fleißig schaffenden Bauern und, mehr noch, gegen deren in vielen Generationen anerzogene Psyche. Eben dieser Konflikt, dieser Zusammenstoß, dieser Widerspruch hatte seinen Einfluß auch auf das Schicksal meines Helden, der zum Deserteur wurde. Ich habe versucht, dem Leser darzulegen, was dies vom gesellschaftlichen Gesichtspunkt, vom Gesichtspunkt der Volksmoral und der staatsbürgerlichen Pflicht aus bedeutete, wollte aber zugleich auch die Tragik dieses Mannes und seiner Familie zeigen, die Tragik von Menschen, die sich vergeblich bemühten, diesem Konflikt auszuweichen und dem unlösbaren Widerstreit zwischen Individuum und Pflicht zu entgehen.

Mir scheint, es ist mir gelungen, die ursprüngliche Idee in dem für meine Erzählung nötigen vollen Maße wiederherzustellen, wenngleich – ich wiederhole es noch einmal – inzwischen so viele Jahre vergangen sind. Erwähnt sei, daß zu späterer Zeit eine Kollision im Leben, ähnlich der, in die meine Helden geraten, ihre Darstellung in Valentin Rasputins Novelle *Leb und vergiß nicht* fand, zudem eine meiner Meinung nach gelungenere. Ich hatte mir nach ihrer Lektüre meine eigene Arbeit nicht wieder vorgenommen, sie nicht noch einmal aufmerksam gelesen, und nun entdeckte ich plötzlich während der Änderungen, daß bei mir dasselbe Motiv vorkam, wenn auch buchstäblich nur in den zwei, drei Sätzen, in denen meine Heldin darüber erschrickt, daß sie schwanger sein könnte. Aber ihre Befürchtungen sind grundlos, ihre Angst vergeht, sie beruhigt sich, während Rasputin darauf seine ganze großartige Novelle aufbaut. Im übrigen bedauere ich das nicht – der eine schreibt so, der andere sieht es auf seine Weise. Jetzt erinnerte ich mich an das, was ich vordem nicht zu sagen vermochte, weil es seinerzeit nicht angenommen und nicht verstanden worden wäre.

Damals hatte ich mir Gedanken über eine handlungsbestimmende Episode gemacht, die ich dann aber wegzulassen beschloß, eben weil sie mit dem Thema der Ausmerzung des Kulakentums zusammenhing. Jetzt jedoch ist der große Abschnitt um den Tod der Mutter meines Helden wiederhergestellt, die dieser nicht mal zu Grabe geleiten kann, obwohl er sich ganz in der Nähe befindet. Wenige Tage vor ihrem Tod rät die Mutter ihrem Sohn angesichts seiner ausweglosen Situation, dorthin zu gehen, wohin einst ihre als Kulaken in Verruf geratenen Brüder geflohen waren. So ergibt sich hier eine wichtige Verknüpfung tragischer Themen.

Zum Schluß möchte ich meine Dankbarkeit dafür bekunden, daß ich angeregt wurde, mich noch einmal mit meiner ersten Erzählung zu befassen. Ohne diese Neuausgabe wäre das wohl kaum geschehen. Ich bin dankbar, denn ich habe nach der Niederschrift der drei Dutzend Seiten nicht das Empfinden, etwas Unnötiges getan zu haben.

Tschingis Aitmatow

Aug in Auge

Um die einzige Laterne der kleinen Bahnstation wirbeln dichte Schwärme nasser Pappelblätter zur Erde.

In dieser Nacht verloren die Pappeln ihr Laub. Schlank und rank wie Ladestöcke, wiegten sie sich federnd im Wind, und das Rauschen ihrer hohen Wipfel erinnerte an fernes Meeresbrausen.

Dunkel war die Nacht in der Bergschlucht Tschornaja Gora. Doch noch undurchsichtiger war sie auf der kleinen Bahnstation am Fuße des Gebirges. Von Zeit zu Zeit erzitterte die Finsternis unter dem Licht und dem Donnern durchfahrender Eisenbahnzüge. Die Züge rollten davon, und wieder war es auf der Station dunkel und menschenleer.

Militärzüge fuhren nach Westen. Eben nahte wieder eine lange Kette verstaubter Wagen. Aus dem spaltbreit geöffneten Feuerloch der Lokomotive blitzte eine rote Flamme; die Puffer stießen aufeinander, und der Zug hielt.

Niemand stieg auf dem kleinen Bahnhof aus, niemand rief: Wie heißt die Station? Die Soldaten schliefen in den Wagen, erschöpft von der langen Fahrt. Nur die heißen Achsen ächzten noch leise.

Während der Bahnhofsvorsteher, seine Laterne schwenkend, in schweren Stiefeln zur Spitze des Zuges stapfte, steckte ein Wachposten den Kopf aus dem vorletzten Waggon. Hinter seiner Schulter blinkte ein aufgepflanztes Bajonett. In der Tür stehend, starrte er mit vorgestrecktem Hals in die Finsternis und lauschte. Aus der Schlucht wehte, wie immer, ein scharfer Wind; unten am Steilhang plätscherte müde ein unsichtbarer Fluß. Über das Gesicht des Postens glitt ein kaltes Pappelblatt, es war, als berühre die bebende Hand eines Menschen seine Wangen. Er prallte zurück und warf einen Blick ins Wageninnere. Dann sah er wieder hinaus. Keine Menschenseele, nur Nacht und Wind.

Einige Minuten später löste sich verstohlen ein Schatten von dem Waggon. Er huschte zu den Büschen am Bewässerungsgraben und verbarg sich darin. Ein durchdringender Pfiff ertönte. Der Mann im Gebüsch wollte aufspringen und flüchten, doch er zuckte sofort zurück und duckte sich. Der Stationsvorsteher hatte nur den Pfiff zur Abfahrt gegeben. Die Wagen stöhnten schwer auf, und der Zug machte sich wieder auf seinen weiten Weg. Dumpf dröhnten die Brückenbogen über dem Fluß. Dann kam der Tunnel. Die Lokomotive brüllte lauthals zum Abschied.

Als das Echo in den Felsen verstummt war und sich die aufgeschreckten Dohlen in den Bahnhofsbäumen endlich wieder beruhigt hatten, richtete sich der Mann im Gebüsch auf. Er atmete laut und gierig, als wäre er lange unter Wasser gewesen.

Immer dumpfer und verhaltener klopften die Schienen im Takt der sich entfernenden Räder.

Laut ächzten die Pappeln. Von den Bergen wehte der Geruch herbstlicher Viehweiden.

Dunkle Nacht lag über der Schlucht Tschornaja Gora.

Seit Sejde geboren hatte, schlief sie so kurz und leicht wie ein Vogel. Sie hatte den Kleinen trockengelegt und saß nun beim Licht der Öllampe neben der Wiege. Ihre braune, volle Brust war entblößt und hing weich über dem Kinderköpfchen.

In einer Ecke des Raumes schlief die Schwiegermutter unter ihrer Bettdecke, über die sie noch einen Bauernmantel gebreitet hatte. Sie war alt und schwach und ächzte wie ein krankes Schaf. Ihre Kräfte reichten gerade noch aus, um zu Gott zu beten. Selbst im Traum murmelte sie: »O Schöpfer, in deine Hände befehle ich unser Schicksal!« Wenn Sejde zur Arbeit ging, behütete die Alte den Enkel. Das war immerhin eine Hilfe. Sie trug ihn auch aufs Feld hinaus, damit seine Mutter ihm die Brust gebe, doch ihr Atem ging röchelnd dabei, und ihre Hände zitterten. Es war schwer für sie, aber sie beklagte sich niemals. Wer sollte den Erstling ihrer einzigen Schwiegertochter denn hüten, wenn nicht sie?

Mitternacht war längst vorüber, und noch immer fand Sejde keinen Schlaf. Wer hätte gedacht, wer erwartet, daß solche Zeiten anbrechen würden? Es waren Wörter aufgekommen, die man früher nie gehört hatte: Deutscher, Faschist, Gestellungsbefehl. Im Ail verging kein Tag, an dem man nicht jemandem das Geleit gab. Mit Satteltaschen und Feldsäcken auf dem Rücken versammelten sich die Männer auf der Dorfstraße. Auf Fuhrwerken zusammengepfercht, riefen sie beim Abschied: »Nun hört schon auf zu weinen!« Die Wagen fuhren an, die Männer winkten mit ihren bunten Kirgisenkappen. »Kosch! Kajyr kosch! Auf Wiedersehen, lebt wohl!« Weinende Frauen und Kinder, zu einem Häuflein zusammengedrängt, standen auf dem Hügel, bis das Fahrzeug ihren Blicken entschwand; dann gingen sie schweigend auseinander.

Was sollte nun werden, was würde die Zukunft bringen? Würden die Männer aus dem Krieg zurückkehren?

Im vergangenen Sommer, als Sejde, die Tochter eines Hirten, in die Sippe ihres Mannes aufgenommen worden war, hatte an ihrem Haus noch viel gefehlt. Die Wände waren noch nicht ausgeschmiert und verputzt, das Dach war noch nicht mit Lehm übergossen. Wenn doch diese Tage noch einmal zurückkehrten! In ihrer Freizeit hatten sie an ihrem Haus gearbeitet, und vielleicht waren es vor allem diese Stunden gewesen, in denen sich Sejde in den Strahlen ihres kurzen Glücks gesonnt hatte. Sie erinnerte sich, wie das warme Wasser aus dem Aryk, dem Bewässerungsgraben, strömte und wie sie beide, ihr Mann und sie, den Ketmen schwangen und die Spreu mit gelber Erde vermischten. Die Beine bis zu den Oberschenkeln entblößt, standen sie im schmatzenden Lehm und kneteten ihn. Es war eine schwere Arbeit; Sejdes neues Satinkleid verlor in wenigen Tagen die Farbe, doch sie spürten keine Müdigkeit.

Auch ihr Mann war damals froh und zufrieden; er nahm seine Frau des öfteren bei den vollen braungebrannten Armen und zog sie an seine Brust oder trat ihr aus Übermut im Lehm auf den Fuß. Sejde riß sich los und lief ihm lachend davon. Wenn er sie fing, zeigte sie sich zum Schein ungehalten.

»Laß mich doch los, laß mich! Wenn deine Mutter uns sieht – schämst du dich nicht?« Dabei schlüpfte sie hinter seine Schultern und preßte für einen Augenblick ihre festen, geschmeidigen Brüste an seinen Rücken. »Genug, sage ich! Ach, wie du aussiehst, dein ganzes Gesicht ist voll Lehm!«

»Und du? Guck dich erst mal an!«

Und Sejde holte aus der kleinen Brusttasche ihres

Beschmets, der achtlos im Schatten eines Baumes lag, einen kleinen runden Spiegel hervor. Der Spiegel war ihr ständiger Begleiter. Jedesmal, wenn sie sich verlegen von ihrem Mann losgemacht hatte, betrachtete sie darin glücklich ihr errötetes, lehmverschmiertes Gesicht. Aber Lehm schadet ja der Schönheit nicht – man braucht ihn nur abzuwaschen. Sejde lachte in den Spiegel, lachte vor Glück. Was taten ihr schon die paar Lehmspritzer!

Abends, nach einem Bad im Aryk, legte sie sich unter dem Aprikosenbaum schlafen. Ihr Körper bewahrte noch lange den Duft und die Kühle des fließenden Wassers. Über ihr im dunklen Blau der Nacht schimmerte der schneebedeckte schartige Gebirgskamm wie mattes Perlmutt; im Luzernefeld hinter dem Aryk blühte frische, duftende Minze, und irgendwo im Gras ganz in der Nähe schlug eine Wachtel. Sejde war völlig von dem beseligenden Gefühl ihrer eigenen Schönheit und der Schönheit alles sie umgebenden Lebens gefangengenommen, sie schmiegte sich noch enger an ihren Mann und legte ihre Hand sanft auf seinen Hals. Was schmiedeten sie in jener Zeit nicht alles für Pläne! Sie würden das Haus fertigbauen und sich einrichten, sie würden Sejdes Eltern zu Gast laden, ihnen Geschenke machen. Das alles war das Glück. Die Zeit verging wie im Fluge – man merkte kaum, wie die Nacht den Tag ablöste.

Als sie die Hauswände mit Lehm verschmiert hatten, brach der Krieg aus. In aller Eile verputzten sie innen noch alles, dann wurden die ersten Dshigiten zur Armee geholt.

Niemals würde Sejde jenen Tag vergessen. Noch empfand sie den Trennungsschmerz so, als wäre es gestern gewesen. Der ganze Ail hatte die Einberufenen bis über die Ortsgrenze hinaus begleitet. Sejde hatte sich vor den

Leuten geschämt und es nicht gewagt, sich von ihrem Mann so zu verabschieden, wie sie es gern getan hätte; sie war ja hier noch eine ganz neue Schwiegertochter. Sie hielt ihm nur linkisch die Hand hin und senkte den Blick, aus Angst, ihre Tränen zu zeigen. So gingen sie auseinander. Doch als die Dshigiten in der Steppe verschwanden, da fühlte sie plötzlich schmerzhaft, daß sie auf ihr Herz hätte hören und ihren Mann – vielleicht zum letztenmal – innig umarmen und küssen sollen. Welch bittere Vorwürfe machte sie sich da! Sie hatte es nicht einmal fertiggebracht, ihm etwas von ihrer stillen Hoffnung ins Ohr zu flüstern, daß sie schwanger sei. Nun war es zu spät. Was verloren ist, kehrt nicht zurück. Längst hatte sich fern in der Steppe der Staub wieder auf die Straße gesenkt.

Seit der Zeit flossen die Tage träge und freudlos dahin. Alles, was Sejde beim Abschied unterdrückt hatte, bohrte jetzt wie ein Stachel in ihrer Brust; was sie auch tat, immer spürte sie die brennende, quälende Wunde.

Der Docht brannte nieder. Sie brachte es nicht über sich, dem Kleinen die Brust zu entziehen: er war beim Saugen so schön eingeschlafen. Von Zeit zu Zeit bewegte er sich plötzlich, und dann begann er wieder behaglich zu schmatzen. Sejdes Gedanken entglitten in weite Ferne.

Da klopfte jemand behutsam an das Fenster zum Hof. Sejde hob erschrocken den Kopf und lauschte.

Nochmals das leise, abgehackte Klopfen.

Sie bedeckte rasch ihre Brust, streifte den Übermantel von den Schultern und ging mit leisen Schritten zum Fenster, wobei sie mechanisch ihr Kleid zuknöpfte. Durch die niedrigen Scheiben war nichts zu sehen, der Hof lag in tiefer Finsternis.

Sejde zog fröstelnd die Schultern zusammen. Der Schmuck in ihrem Haar gab einen leichten Klang.

»Wer ist da?« fragte sie argwöhnisch.

»Ich. Mach auf, Sejde!« antwortete eine heisere Stimme gedämpft und ungeduldig.

»Wer bist du denn?« fragte sie unsicher zurück, wich zur Seite und warf einen erschrockenen Blick auf die Kinderwiege.

»Ich, ich bin's! Sejde, mach auf!«

Sie neigte sich zum Fenster, schrie leise auf und stürzte, sich an den Kopf fassend, zur Tür.

Mit bebender Hand tastete sie in der Dunkelheit nach dem Riegel. Sie riß die Tür auf und sank dem vor ihr stehenden Mann lautlos an die Brust.

»Sohn meiner Schwiegermutter! Sohn meiner Schwiegermutter!« flüsterte sie nach altem Brauch, doch sie fand nicht länger die Kraft, sich zu beherrschen, und nannte ihn beim Namen: »Ismail!« Sie begann zu weinen. Was für ein Glück, was für ein unerwartetes Glück! Ihr Mann war lebendig und unbeschadet zurückgekehrt! Hier stand er, Ismail! Ein kräftiger Machorkageruch ging von ihm aus. Der Kragen seines Uniformmantels kratzte sie im Gesicht wie ein Roßhaarlasso.

Warum schwieg er? Vielleicht vor Freude?

Er atmete schwer und strich ihr wie ein Blinder tastend über Schultern und Kopf. »Komm ins Haus!« flüsterte er rasch. Er legte den Arm um sie und überschritt mit ihr die Schwelle.

Erst jetzt dachte Sejde an die Schwiegermutter. »Ach, ich bin wohl verrückt geworden! Mutter, Süjüntschü! Dein Sohn ist zurückgekehrt!«

»Scht!« Ismail hielt sie fest. »Warte! Wer ist im Haus?«

»Nur wir und dein Sohn in der Wiege!«

»Warte noch, laß mich erst verschnaufen!«

»Die Mutter wird gekränkt sein.«

»Später, Sejde!«

Sie konnte es immer noch nicht fassen, daß ihr Mann zurückgekehrt war, umarmte ihn ungestüm, preßte sich an ihn. In der Dunkelheit sahen sie einander nicht, aber mußten sie sich denn sehen? Sie hörte sein Herz unter dem Uniformmantel in kurzen, ungleichmäßigen Stößen schlagen. Es war kein Traum, sie küßte wirklich seine wetterharten, rauhen Lippen.

»Ich hatte solche Sehnsucht nach dir! Wann bist du angekommen? Haben sie dich ganz entlassen?« fragte sie.

Ismail nahm ihre Hände von seiner Schulter und sagte dumpf: »Ich komme direkt vom Bahnhof. Warte hier auf mich.«

Er ging auf den Hof und schlich, sich nach allen Seiten umsehend, zum Schuppen. Nach einer Weile kehrte er mit einem Gewehr zurück. Er tastete mit dem Fuß nach dem Reisighaufen in der Ecke und schob die Waffe darunter.

»Was tust du?« fragte Sejde verwundert. »Stell es doch ins Zimmer.«

»Sprich leiser, Sejde!«

»Warum?«

Ohne auf die Frage zu antworten, nahm Ismail sie bei der Hand.

»Komm, zeig mir unseren Sohn.«

Fast jeden Abend schleppte Sejde in der Dämmerung von fernen, mit Steppengras und Salzkraut überwucherten Wiesen große Reisigbündel nach Hause. Lange lief sie auf kaum erkennbaren Schafspfaden über Berg und Tal, und wenn der Ail nicht mehr weit war, setzte sie sich auf eine Anhöhe, um zum letztenmal zu rasten. Sie lockerte den Strick über ihrer Brust, atmete erleichtert auf und lehnte sich mit dem Rücken an das Bündel. Es war schön, so zu sitzen, eine Minute lang alles zu vergessen und ruhig in den Himmel zu schauen. Unten im Ail ratterten Fuhrwerke, Reiterstimmen drangen von der Straße herauf. Der Wind trug den vertrauten Geruch von verbranntem Trockenmist, faulendem Stroh und geröstetem Mais heran. Doch heute fand Sejde nicht die gewohnte Ruhe. Aus der Ferne hallte der Pfiff einer Lokomotive herüber. Sejde erschrak; sie zog den Strick an, hob mit einem Ruck das Bündel von der Erde und ging unter seiner Last rasch weiter. Das Pfeifen der Lokomotive hatte sie an Ismails Flucht erinnert. Ein banges Gefühl kommenden Unheils preßte ihr die Brust zusammen.

Auf der Straße war sie darauf bedacht, niemandem zu begegnen, der sie anhalten könnte. Wenn doch die Mondnächte bald ein Ende hätten! dachte sie. Dann brauchte sie nicht jeden Tag Reisig zu schleppen und Ismail Essen in sein Versteck zu bringen. Gott mochte verhüten, daß plötzlich jemand Verdacht schöpfte! Die Frauen hatten sie schon mehrfach bedrängt, ihnen doch die Stelle zu zeigen, wo sie das Reisig holte. Aber sie konnte sie doch nicht mitnehmen, denn dort war Ismail. Tagsüber lag er in einer Höhle, in dunklen Nächten aber kam er nach Hause. Wenn er da war, verhängten sie die Fenster, verschlossen die Türen. Für alle Fälle hatte Sejde unter den Schlafpritschen eine Grube ausgehoben und sie mit einer Matte aus Steppengras und mit Schaffilz zugedeckt.

So lebten sie nun. Die alte Mutter konnte sich nicht an dieses Leben gewöhnen. Schwerhörig, wie sie war, lauschte sie angestrengt auf jedes Geräusch. Andauernd fuhr sie auf und sah Ismail aus verweinten roten Augen mitleidig und ängstlich an. Heimlich seufzend, schien sie zu sagen: Ach, du mein Sohn, mein armer Sohn!

Ismail erkundigte sich manchmal, was im Ail vor sich

gehe, hörte aber nur mit halbem Ohr zu. Er fühlte sich nicht wohl in seiner Haut, saß meist schweigend und finster, mit hängenden Schultern da und starrte ungeduldig auf den kochenden Kessel. Sejde mußte ihm möglichst schnell etwas zu essen geben, damit er vor dem Morgengrauen seine Höhle wieder erreichte.

Sie hantierte hastig am Herd und machte sich ihre eigenen Gedanken. Ihr Mann tat ihr leid; sie fürchtete auch, ihn zu verlieren und mit der kranken Alten und dem vaterlosen Säugling allein zu bleiben. Ismail hatte sich sehr verändert. In der Höhle sah er keine Sonne, atmete er keine frische Luft; sein Gesicht war aschfahl, und auf seinen aufgedunsenen Wangen sproß ein struppiger Bart. Sein Blick war verzagt und hilflos wie der eines gehetzten Pferdes; dann wieder wurden seine Augen hart und schmal, die schwarzen Pupillen blitzten in verhaltener Wut, und seine Unterlippe, in die er die Zähne grub, erbleichte. Das Grauen packte einen, wenn man ihn ansah. In solchen Minuten vergaß Ismail sogar seinen Sohn auf dem Arm.

War das noch derselbe Ismail wie im vergangenen Sommer? Von der Sonne schwarzgebrannt, sehnig wie ein Kranich, hatte er gearbeitet, ohne die Hände auch nur einen Augenblick sinken zu lassen. Damals hatten sie das Haus gebaut. Damals war in ihrem Leben alles klar und einfach gewesen, nichts hatte sie gestört oder in Sorge versetzt. Sie brauchten nur zu leben und zu schaffen. »Wenn wir erst das Haus fertig haben, riegele ich unseren Hof mit einer Lehmmauer vor fremden Augen ab!« hatte Ismail oft gesagt und dabei ihr Anwesen voller Besitzerstolz betrachtet. Und nun war er ein Deserteur. Nun schlich er nachts heimlich in sein eigenes Haus. Und kaum war er da, trieb es ihn schon wieder weg.

Sejde bemühte sich, nicht daran zu denken. In den seltenen Nächten, wenn ihr Mann kam und, den Sohn auf dem Arm, vor ihr saß, war ihr einziger Wunsch, alles zu vergessen, alles, und wenigstens eine kurze Stunde wirklich glücklich zu sein.

Meinetwegen soll er ein Deserteur sein! tröstete sie sich, während sie den Teig auf dem Brett ausrollte. Ein Mann weiß schon, was er zu tun hat. Ismail sagt ja: »Jedem ist sein Leben lieb, und in diesem Krieg kommt nur der mit heiler Haut davon, der selbst für seinen Kopf sorgt.« Es steht mir nicht an, ihn zu belehren, sicherlich muß das alles so sein, er weiß es schließlich besser. Soll ich ihn denn mit eigenen Händen von mir wegstoßen? Nein, das kann ich nicht. Er sagt doch selbst: »Mag kommen, was will, ich halte meine Brust keiner Kugel hin! So gehört doch wenigstens jeder Tag mir, ich bin zu Hause! Was habe ich denn dort an der Front verloren, irgendwo am Ende der Welt? Unsere Vorväter haben diese Gegenden nicht mal im Traum gesehen. Soll jeder tun, was er für richtig hält, ich jedenfalls brauche das nicht und will es auch nicht. Was ändert sich denn, wenn ich hingehe? Ich allein bezwinge den Feind nicht, die schaffen es auch ohne mich.«

Das stimmt sicherlich, sie werden es schaffen. Ismail allein macht den Staat nicht ärmer. Gut, er ist geflohen, na und? Niemandem schadet es etwas, wenn er sich in Sicherheit bringt, wenn er keine Lust hat, sich umbringen zu lassen! Wenn bloß erst der Winter überstanden wäre! Sie hatten wenig Mais im Haus, und die Zeit bis zum Frühjahr war lang. Den anderen Familien im Ail ging es nicht besser, das Volk lebte jetzt nicht so wie früher, das Brot war bei allen knapp. Ob es bis zum Frühjahr reichte, wußte niemand. Schwere Zeiten standen bevor.

Morgens war der Wermut an den Aryks mit flaumigem Reif bedeckt, und seine gefrorenen Samenkügelchen lagen wie gesät auf der Erde. Von Zeit zu Zeit fiel auch schon Schnee. Die Schafe liefen mit feuchtem Vlies umher, aus dem bräunlicher Dampf aufstieg wie aus einem Misthaufen. Elstern flogen dicht über ihnen und betrachteten frech ihre zottigen Flanken. Der Winter nahte, neblig, düster. Und das Ende des Krieges war noch nicht abzusehen, immer mehr junge Burschen gingen an die Front. Jetzt schickte man schon die allerjüngsten fort, die eben erst die Altersgrenze erreicht hatten, halbe Kinder noch, ganz ohne Flaum unter der Nase.

»Mein Gott, gestern noch sind sie barfuß umhergetollt, und heute sind sie plötzlich erwachsen! Da ziehen sie nun in den Krieg, ohne die Freuden des Lebens gekostet zu haben. Elender Deutscher, der Teufel soll dich holen!« sprachen die Greise und Greisinnen bekümmert und stießen zornig ihre Krückstöcke auf den Boden. Sie standen vor dem Hof, in dem Busa ausgeschenkt wurde. Hier kamen die Einberufenen zum letztenmal mit den Mädchen und den Kelins, den jungverheirateten jungen Frauen, zusammen. Pausenlos klappten die Türen der Stube, in der die Scheidenden mit trunkener Stimme sangen. Ihre Lieder griffen einem ans Herz. Aus ihnen klang Trauer und Entschlossenheit, trunkene Verwegenheit und Besinnung.

Die Alten wischten sich die Tränen von den Wimpern.

»Ach, ihr lieben Kinder, käme doch bald der Tag, an dem wir wieder eure Lieder hören!«

Auch Sejde saß unter den Burschen. Früh am Morgen war Dshumabai, ein jüngerer Bruder aus der Sippe ihres Mannes, angeheitert zu ihr gekommen.

»Mach dich fertig, Dshene. Wir haben Busa bestellt und wollen noch einmal lustig sein. Komm mit!«

Sejde wollte den Jungen nicht kränken. Trotzdem versuchte sie, ihm abzusagen. Sie mahlte gerade mit der steinernen Handmühle Talkan für Ismail. »Es paßt mir jetzt nicht, sei mir nicht böse. Ich begleite euch dann auf der Straße.«

»Wieso paßt es dir nicht? Du mußt doch mit mir Abschied feiern, mit deinem Kajyn! Nein, komm nur, schon wegen Ismail! Vielleicht steckt er gerade im heißesten Kriegsgetümmel! Wenn ich ihn an der Front treffe, sage ich ihm: ›Sie war selbst mit auf unserer Abschiedsfeier und läßt dich grüßen!‹ Bin ich denn schlechter als die anderen? Alle haben ihre Verwandten dabei, und ich?«

Sejde wußte nicht, was sie antworten sollte.

Dshumabai bemerkte ihre Verlegenheit. »Was ist denn? Schämst du dich? Aber, aber! Komm!«

Und nun saß sie also in der Stube und wagte nicht, den Blick zu heben, als hätte sie sich vor all den Jungen schuldig gemacht. Am liebsten hätte sie sich in den äußersten Winkel verkrochen. Sie preßte ihr Tuch vor den Mund und schwieg.

Wie teuer einem ein Mensch ist, fühlt man in ganzer Schärfe erst bei der Trennung. All diese jungen Burschen, die jetzt lärmten, sich Scherzworte zuriefen und Lieder sangen, würden morgen dem Tod ins Auge schauen. Vielleicht waren sie einem gerade deshalb so lieb wie noch nie. Sie dachten in diesen Minuten weniger an sich, an ihr eigenes Schicksal, als an die Menschen, die im Ail zurückblieben. Sie wünschten ihnen zum Abschied Gesundheit und Glück, und sie wollten für sie etwas Großes, Schönes vollbringen, ja sogar ihr Leben hingeben.

Jetzt erhob sich Dshumabai von seinem Sitzkissen, hochrot im Gesicht und von der Busa in ausgelassener Stimmung. Wenn man ihn so sah, war er noch immer der unbeholfene, schlaksige Junge. Er nahm seinen Becher in die Hand, die Reihe war an ihm, zum Abschied ein Lied zu singen.

Einer seiner Brüder, Myrsakul, der Sänger, war unlängst von der Front zurückgekehrt. Er hatte einen Arm verloren und war jetzt Vorsitzender des Dorfsowjets. Seine Lieder wurden selbst von den kleinen Kindern gesungen, und wer sie hörte, dem griffen sie ans Herz.

Dshumabai sang ein Lieblingslied seines Bruders. Es hatte eine getragene, besinnliche Melodie.

He-he-he!
Sechzig Waggons auf einmal
zieht die geflügelte Lok.
Ich verlasse den Ail,
lebt wohl, meine Dsheneler!

Siebzig Waggons auf einmal
führt die Lok davon wie der Wind.
Ich verlasse den Ail,
lebt wohl, meine Dsheneler!

»Bravo, Dshigit!« riefen lobende Stimmen einmütig. »Sollst als Sieger heimkehren!«

Dshumabai hatte sich vor aller Augen verändert, er war rauher und männlicher geworden. Stolz reckte er die Schultern und blickte durch das Fenster auf die geliebten Berge; es schien, als habe er jetzt erst begriffen, daß der heimatliche Ail in einer Stunde bereits hinter ihm liegen sollte. Er sang weiter:

Wir fahren in weite Fernen,
doch unser Blick bleibt bei dir, Alatau!
Lang noch begleiten uns
deine blauweißen Schneefelder.

»Bravo, Dshigit!« rief man ihm zu. »Wo gibt es solche Berge wie unseren Alatau!«

Jetzt sangen alle, die Jungen, die Kelins und die Mädchen. Auch Sejde, bisher in ihre eigenen Gedanken versunken, vergaß in diesem Augenblick alles auf der Welt. Sie sah einen Militärzug jenseits des Tunnelberges durch die endlose kasachische Steppe rasen. Dichtgedrängt standen Dshigiten an den Türen der Waggons; sie sangen und winkten zum Abschied zu den blauweißen Schneehöhen des Alatau hinauf, die sich wie eine Karawane am Horizont dahinzogen. Immer weiter entfernten sich die Berge, bis sie im Dunst verschwanden. Sejde lief hinter dem Zug her, um ihn einzuholen; schließlich, als sie nur noch allein in der Steppe war, lehnte sie sich erschöpft an einen Telegrafenmast. Ihr Ohr vernahm sein Summen: Es war, als spiele jemand auf dem Komus die »Klage der Kamelstute«.

Gerührt von dem gemeinsamen Abschiedslied, hob Sejde vorsichtig den Kopf. Die Dshigiten rüsteten schon zum Aufbruch. Einige hatten Tränen in den Augen, andere lachten trunken, doch alle hielten sich tapfer. Sie wünschten einander laut, daß sie als Sieger zurückkehren mögen, und verhielten sich wie leibliche Brüder.

In Sejde erwachte ein Gefühl mütterlicher Liebe zu ihnen, sie empfand Mitleid, Schmerz und zugleich Stolz. Wenn sie ihnen doch helfen könnte! Sie stellte sich vor, sie würde jetzt aufstehen und vor aller Ohren sagen: Bleibt hier, Dshigiten! In der Blüte eurer Kraft wollt ihr den heimatlichen Ail verlassen. Aber ihr sollt leben! Laßt mich hingehen und für euch sterben!

In diesem Augenblick fiel ihr ein, daß sie heute noch Ismail den Talkan bringen mußte. Ismail erwartete sie. Und sie senkte wieder den Kopf; ihre Gedanken wanderten nach Hause. Der Talkan war noch nicht fertiggemahlen, das Kind noch nicht gestillt. Sie hatte sich zu lange hier aufgehalten. Die Dshigiten traten auf die Straße. Die Menschenmenge bei den Fuhrwerken geriet in Bewegung, strömte ihnen entgegen.

»Wir wollen sie segnen!« rief Barpy, der Pferdehirt, ein breitwangiger ergrauter Alter, mit überschnappender Stimme vom Sattel herab. Er zügelte sein Pferd und hob segnend die zitternden verarbeiteten Hände.

»Der Geist der Vorväter helfe euch! Kehrt als Sieger zurück! So sei es!«

Dann holte er mit der Reitpeitsche aus und sprengte davon, den kräftigen Hals gebeugt und mit zuckenden Schultern. Ein Mann darf seine Tränen nicht zeigen.

Unter dem Lärm der sich drängenden Menge rollten die Fuhrwerke bergab, und bald waren sie im Nebel verschwunden. Eine Zeitlang hörte man noch das Rattern der Räder auf der hartgefrorenen Straße und den Gesang der Dshigiten:

Ich verlasse meinen Ail,
lebt wohl, meine Dsheneler!

Die Frauen schluchzten untröstlich. Wer von den blühenden Jünglingen würde zurückkehren, wer in ferner, fremder Erde sein Grab finden? In leidvollem Schweigen standen die Menschen auf dem Hügel.

Als Sejde ihre bekümmerten Gesichter sah, sagte sie

sich: Ich werde Gott nicht erzürnen, werde mich nicht länger damit quälen, daß mein Mann ein Deserteur ist. Wenn er nur lebt, wenn er nur außer Gefahr ist!

Als im Ail alle Stimmen verstummt waren, steckte Sejde den Beutel mit dem Talkan und einige Fladen unter ihren Übermantel. Sie nahm den Strick und die Sichel und machte sich über den Hinterhof heimlich auf den Weg, um Reisig zu holen. Nebel lag über den öden Talsenken und in den Hohlwegen. Eine bedrückende Stille herrschte, kein Rabe krächzte. Nur die Steppengrasbüschel, die sich mit ihren Wurzelballen fest an die Erde klammerten, fingen den schwachen Wind auf; jeder Halm zischelte leise wie eine Schlange.

Ängstlich im Nebel um sich blickend, eilte die junge Frau zu dem Menschen, der ihr am teuersten war und ihr am nächsten stand.

Schon seit dem Herbst machte Kurman, der Briefträger, um die beiden letzten Höfe der Straße einen Bogen. Er tat, als hätte er eine dringende Sendung zuzustellen, und gab seinem Pferd die Fersen.

Doch Totoi bemerkte ihn fast jedesmal. Sie hoffte schon nicht mehr auf einen Brief, trotzdem rannte sie vom Mörser, in dem sie gerade die Körner aus gestoppelten Ähren stampfte, weg auf die Straße und winkte ihm mit ihrer sehnigen, hageren Hand.

»He, Briefträger, ist nichts für uns dabei?« rief sie mit zaghafter, unsicherer Stimme.

Wenn ihre drei Jungen das hörten, schossen sie hinter der Hofmauer hervor – sie spielten dort den ganzen Tag in der Sonnenglut – und rannten Hals über Kopf auf den Postreiter zu.

»Ein Brief, ein Brief von Vater!«

Ehe der alte Kurman zur Besinnung kam, umringten die Kinder schon sein Pferd und hängten sich an die Steigbügel.

»Wo ist der Brief?«

»Gib ihn mir!«

»Nein, mir, mir, Kurman! Ich will den Brief haben!«

»Ach, geht mir vom Halse, ich habe doch gar keinen Brief! Schockschwerenot! Was seid ihr bloß für Kinder!« schimpfte Kurman verwirrt. »Erst muß man doch sehen, was los ist, bevor man durch den ganzen Ail schreit!«

Die Kinder schnieften, starrten ungläubig auf seine dicke Tasche und wichen nicht vom Fleck. Sie warteten noch.

Kurman hatte Mitleid mit den barfüßigen kleinen Tröpfen und ärgerte sich selber, daß er keinen Brief hatte. Was sollte er ihnen nur sagen?

»Denkt ihr denn, ihr Bürschchen, ich habe euren Brief versteckt?« murmelte er und griff zum Beweis in seine Jacke, um dann die leere Hand vorzuzeigen. »Ihr glaubt mir nicht, was? Wenn es in meiner Macht stünde, ich würde euren Vater zwingen, jeden Tag dreimal zu schreiben, das wäre immer noch besser, als jetzt in eure Augen zu schauen. Heute habe ich nichts, aber ein andermal bringe ich bestimmt was. Wenn Gott will, bekommt ihr am Markttag einen Brief. Ich hab so was geträumt. Und jetzt lauft. Und sagt Sejde, für sie habe ich auch nichts, vielleicht bringe ich ihr auch am Markttag was.«

Der Alte rückte die abgetragene Kirgisenkappe in die faltige braune Stirn und ritt, unwillig den Kopf schüttelnd, weiter.

Unterdessen bog sein Pferd, der Gewohnheit folgend, schon wieder zu einem anderen Hof ab, in den der Postbote keinen Brief mehr bringen konnte. Er zog scharf am Zügel, das Pferd stolperte, und der erboste Briefträger schlug ihm mit der Peitsche über den Hals.

»Ach, du verteufelte Schindmähre! Verrecken sollst du! Ein schreckliches Pferd, bringt nichts als Unglücksnachrichten! Wenn ich einen Brief hätte, dann würde ich dir schon selber Beine machen!«

Jedesmal, wenn Sejde mit dem Reisig zurückkehrte, begegnete ihr Assantai, der jüngste Sohn ihrer Nachbarin Totoi, ein Knirps von sieben Jahren; er trug eine alte Jacke seines Vaters mit durchgescheuerten Ärmeln. Seine Augen waren erstaunlich rein und ausdrucksvoll, sein Blick naiv und ein wenig verträumt. Er lächelte, wobei er die schadhaften Vorderzähne entblößte. Assantai war der Liebling der Frauen, während die Männer mehr Gefallen an seinem älteren Bruder fanden, der ihm gar nicht ähnelte – er war hartnäckig und eigensinnig.

»Tante Sejde, von Onkel Ismail ist wieder kein Brief gekommen, und für uns auch keiner«, erklärte Assantai schuldbewußt lächelnd und schlug die Jacke übereinander, die wie ein Sack um seine schmächtigen Schultern hing. »Onkel Kurman sagt, er wird am Markttag einen bringen. Er hat so was geträumt!«

Unter der tief ins Gesicht gedrückten Hasenfellmütze sahen Sejde ein Paar zutrauliche Kinderaugen an. Dieser Blick versprach viel, selbst Unmögliches. Wenn der Junge gewußt hätte, wie sehr seine treuherzigen Worte Sejde bedrückten! Das große Bündel, das sie so lange geschleppt hatte, ohne sich zu schonen, lastete jetzt schwer auf ihrem Rücken, als hätte sie sich Steine aufgeladen. Bis zu ihrem Hof waren es nur noch wenige Schritte, doch sie mußte sich auf die niedrige Lehmmauer stützen, um nicht zu fallen. Zu Hause warf sie das Bündel auf die Erde. Mit herabhängenden Armen stand sie an die Mauer gelehnt, zu erschöpft, die Haare zurückzustreichen, die an ihrem schweißfeuchten Gesicht klebten.

O Gott, wenn doch eine winzige Nachricht vom Vater dieser Kinder käme! dachte sie. Seltsamerweise hatte sie das Gefühl, daß es auch für sie eine Erleichterung sein würde, wenn die Nachbarin Totoi einen Brief von ihrem Mann bekäme.

Eines Nachts dachte sie an Assantais Worte, und plötzlich packte sie die Angst. Sie hatte Kurman schon lange nicht mehr nach einem Brief von Ismail gefragt. Dabei legte ihr Ismail immer wieder ans Herz, es zu tun. Das nächste Mal werde ich fragen! nahm sie sich vor, doch dann überlegte sie es sich wieder anders. Nein, ich frage lieber nicht!

Totois Hof lag nebenan.

Einmal spätabends, das Leben im Ail war schon verstummt, machte sich Sejde daran, für Ismail zu waschen. Sie arbeitete bis zum Morgengrauen, die Wäsche mußte über dem Feuer getrocknet werden. Am frühen Morgen ging sie nach Wasser. Als sie auf die Schwelle trat, verkniff sie die Augen. Über Nacht war dichter Schnee gefallen. Die trostlose, eintönige Weiße behagte ihr nicht. Sie empfand Übelkeit und Schwindel. Bin ich etwa schwanger? Sie wankte, der Eimer fiel zur Erde. Was werden die Leute sagen? Doch sogleich beruhigte sie sich. Nein, es konnte nicht sein. Das kam nur von der schlaflosen Nacht. Sie bemühte sich, die kurze Schwäche zu vergessen, und dachte an Ismail.

Wie wird ihm heute in seiner Höhle zumute sein? fragte sie sich, und ihr Herz zog sich traurig zusammen. Nun ist der Winter da, bald werden die Fröste einsetzen – wie wird es ihm dann in seinem Versteck ergehen?

Ja, der Winter kam mit Macht. Gestern war die Erde

noch schwarz gewesen, heute zog sich eine frische Schneedecke vom Kamm der Berge bis herab ins Tal. Graublau und frostklamm neigten sich die Weiden über die Aryks. Schwere, düstere Wolken trieben schlaff und träge dahin. Der Himmel schien sich herabgesenkt zu haben, die Welt war enger und kleiner geworden. Es schneite immer noch, und der stoßweise heranfegende Wind wirbelte die Flocken auf. Die Menschen waren noch nicht aufgestanden, niemand mochte so früh am Morgen in die Kälte hinausgehen.

Sejde stapfte mit gesenktem Kopf los und überlegte, wie sie Ismail die große bunte Filzmatte hinaufschaffen könnte, denn ohne sie würde er die Kälte nicht überstehen. Dann rissen ihre Gedanken plötzlich ab, sie erblickte Spuren im Schnee, die zum Fluß führten. Wahrscheinlich von Totoi, dachte sie, und da sah sie ihre Nachbarin auch schon, sie kam ihr mit zwei Eimern entgegen. Ihre Beine staken in großen schweren Stiefeln; sie war mager, hatte eingefallene Wangen und Falten um die Mundwinkel. Ihr derber Übermantel war auf Männerart mit einem festverknoteten Strick umgürtet. Als sie Sejde erblickte, stellte sie die Eimer auf die Erde, rieb die blaugefrorenen Hände aneinander und wartete auf sie.

»Hast du heute nacht nicht geschlafen? Deine Augen sind ja so eingefallen, und dein Gesicht ist ganz gelb!« sagte sie.

»Ach wo, ich habe nur Kopfschmerzen«, erwiderte Sejde. Dann fügte sie rasch hinzu: »Was soll ich denn in der Nacht anderes tun als schlafen?« Sie erschrak selbst über ihre Worte und fühlte, wie kalt ihr wurde. Vielleicht ist Totoi nachts draußen gewesen und hat gesehen, daß ich wasche? dachte sie. Gleich wird sie fragen! »Aber es stimmt, ich habe nicht geschlafen, der Kleine hat geweint«, versuchte sie ihre unbedachten Worte zu verwischen.

Totoi nickte verständnisvoll.

»Ja, ja«, sagte sie gedehnt, »du bist genauso allein wie ich! Deine Alte ist nur ein Schatten im Haus, sie kann nichts als am Herd sitzen. Gut, daß sie wenigstens nach ihrem Enkel sieht. Sie ist doch schon sehr hinfällig. Und deine Eltern sind weit weg. Ja, ja, so ist es im Leben, eins kommt zum anderen!« Totoi verstummte und sah die schweigende Sejde mitfühlend an. Sie tat ihr wirklich leid. Totois sonst so strenge, durchdringende Augen, über denen sich dicke Brauen wölbten, blickten jetzt weich und ruhig, mütterlich besorgt und weise.

Schon lange hatte Sejde sie nicht so gesehen. Sie muß in ihrer Mädchenzeit einmal schön gewesen sein! dachte sie. Assantai hat die schönen Augen von seiner Mutter!

Totoi seufzte tief und fuhr fort: »Kein Brief kommt, und man grämt sich zu Tode. Ja, das ist nun unser Los! Ich sitze mit drei kleinen Kindern da, und du hast nicht mal ein halbes Jahr mit deinem Mann gelebt. Ihr hattet gerade eure schönste Zeit, da kam der Krieg. Du hast deinen Sohn geboren, und der Vater hat ihn noch nicht einmal gesehen. Das ist natürlich bitter. Ach, alles wäre halb so schlimm, alles wäre zu ertragen, wenn ab und zu ein Brief käme! Und nun ist der Winter da. Meine Kinder haben nichts anzuziehen. Mais haben wir nur noch zwei Säcke. Was ist das schon für uns?« Sie machte eine zornige Handbewegung, unterdrückte die Tränen und griff mit hartglänzenden Augen nach den Eimern.

Erschrocken und doch auch erfreut, daß Totoi nichts ahnte, sah die verwirrte Sejde ihr nach. Sie hatte kein Wort der Erwiderung herausgebracht. Die Anteilnahme dieser kleinen Frau, ihr mütterliches Mitgefühl, ihre Tapferkeit und ihre Schwäche hatten Sejde gerührt, und gleichzeitig hatte sie das Gefühl, als habe Totoi, ohne es selbst zu wissen, sie angeklagt, ihr etwas vorgeworfen. Sie hatte gesagt, daß sie beide dasselbe Los trügen und Sejde also kein Recht habe zu murren. Sejde fand sich in ihren unklaren, einander widersprechenden Gefühlen nicht zurecht.

Was soll ich denn tun? dachte sie ratlos. Jeder hat sein eigenes Schicksal. Was einer Familie vorherbestimmt ist, das tritt auch ein. Wenn es das Glück will, werden Totois Kinder ihren Vater wiedersehen.

Baidaly, Totois Mann, war sein Leben lang Mirab gewesen. Nach Feierabend konnte man ihn noch bei der Arbeit sehen. Kraftvoll und selbstsicher schritt er über die Felder und lenkte das Wasser in die vorgesehenen Gräben. Die dunkelroten Spitzen des Klees leuchteten im Schein der untergehenden Sonne, und bei jedem Ausholen blitzte in Baidalys Händen der von der Erde blankpolierte Ketmen.

»Er versteht es, mit dem Wasser umzugehen, er hat goldene Hände!« sagte man von ihm im Ail. Er lachte schallend, wenn die Frauen sich an den Händen faßten und mit geschürzten Kleidern durch einen seiner sprudelnden Aryks wateten.

»He, was stellt ihr euch denn so an? Habt ihr Angst, das Wasser reißt euch weg? Dann fallt ihr sicher in meine Arme! Ich halt euch schon fest!«

»Wenn's deine Aryks doch wegschwemmte, du unersättlicher Teufel! Ersaufen sollst du drin!« antworteten die Frauen kreischend, die alle so alt waren wie er.

Höchst befriedigt, lachte er abermals schallend.

Wenn man sich dann umblickte, sah man ihn in der einbrechenden Dämmerung über die Felder schreiten, hochgewachsen, die kräftigen Schultern wiegend, ein wasserspendender Recke. Er merkte unbestellte Flächen an und entfernte sich immer weiter.

Einmal hatte Sejde bei ihren Nachbarn folgende Szene erlebt. Totoi hatte sich über irgend etwas geärgert und kratzte, die schmalen Lippen schmollend aufgeworfen, zornig mit dem Schaber auf dem Boden des großen Kessels. Baidaly bastelte Spielzeug für die Kinder. Ruhig sagte er: »Du hast keinen Grund zu schimpfen, Baibitsche. Wir leben nicht schlechter als andere. Na, und hat vielleicht jede Familie drei Söhne? Du hast sie mir geboren, und einen anderen Reichtum brauche ich nicht. Da, sieh sie dir an, meine Prachtkerle, die uns Gott geschenkt hat!«

Von der Front hatte Baidaly oft nach Hause geschrieben, doch seit dem Herbst kamen keine Briefe mehr. Auch von Ismail kam keine Post. Und deshalb gab der Briefträger Kurman, wenn er vorbeiritt, seinem Braunen die Fersen, damit ihn von den beiden Höfen niemand sah. Er konnte doch nicht mit leeren Händen vor ihnen erscheinen! Er hatte das Gefühl, als müsse er eine Schuld zurückzahlen und habe kein Geld.

Dafür ließ sich jetzt Myrsakul, der Vorsitzende des Dorfsowjets, öfter sehen. Und allein dieser Umstand erschreckte Sejde zu Tode. Vielleicht hatte Myrsakul Verdacht geschöpft und wollte Ismail nachspüren? Doch in seinem Verhalten war bisher nichts dergleichen zu bemerken! Woher sollte er es auch wissen? Noch hatte keine Menschenseele im Ail eine Ahnung von Ismails Flucht. Ismail war sehr vorsichtig.

»Sejde, es sind trübe Zeiten, man kann den Leuten nicht trauen! Sieh zu, daß du zu niemandem ein Wort sagst!« warnte er sie jedesmal. »Selbst wenn mein Vater aus dem

Grabe aufstünde, dürftest du's ihm nicht anvertrauen! Hörst du?«

Wenn Myrsakul durch den Ail ritt, kam er immer unter einem Vorwand zu ihnen herein. Vor seiner Einberufung zur Armee war er ein junger Dshigit gewesen. Die schwarze Karakulmütze hatte er forsch aufs Ohr gerückt getragen. Bei jedem Pferderennen war er dabeigewesen, und von seinem Komus hatte er sich nur selten getrennt. Im Ail galt er als der beste Sänger. Er dichtete und komponierte sogar Lieder. Als er von der Front zurückkehrte, hatte er nur noch einen Arm, und man erkannte ihn kaum wieder, er war nicht mehr derselbe. Auch charakterlich hatte er sich verändert: Er zeigte sich schroff und jähzornig. Myrsakul glich einem vom Sturm verkrüppelten Baum: Seine linke Schulter hing herab, an seinem vorgestreckten Hals zeichneten sich tiefe Narben ab, und seine groben, unregelmäßigen Gesichtszüge traten jetzt noch schärfer hervor. Seine Augen blickten finster und durchdringend. In seinen Liedern besang er meist Fronterlebnisse; dabei klang seine Stimme bald rauh, gedämpft, bald zornig und leidenschaftlich. Wenn er sich hinreißen ließ, blitzten seine Augen wie die eines legendären Recken, und er schwenkte seinen einen Arm, als schlüge er die Saiten des Komus, den er nun nie mehr spielen konnte.

Gewöhnlich ritt er auf Totois Hof.

»Na, Totoi, wie geht's euch? Lebt ihr noch?« Dann blickte er aus den Steigbügeln über die hohe Trennmauer und rief Sejde von weitem zu: »Ist dein Kleiner gesund, Sejde? Dreh mir doch eine Zigarette von deinem Tabakvorrat. Und komm mal rüber zu deiner Nachbarin! Wir müssen was besprechen! Kannst nachher weitermachen!«

Er fragte niemals, ob die beiden Frauen Briefe von ihren

Männern bekämen, um sie nicht unnötig in trübe Stimmung zu versetzen. Außerdem sah er immer selbst die Post für den Ail durch, er wußte also, wie es um jede Familie stand. Und trotzdem regte sich Sejde jedesmal auf, wenn er kam. Es schien ihr verdächtig, daß er nicht fragte, ob Ismail geschrieben habe. Sicherlich wußte er etwas, sicherlich unterließ er es nicht von ungefähr.

Sie drehte eine Zigarette aus dem Tabak, mit dem sie sich schon im Sommer versorgt hatte, rauchte sie an und ging zu ihrer Nachbarin hinüber, bemüht, ihre wachsende Angst mit aller Kraft zu unterdrücken. Als Myrsakul sie kommen sah, stieg er vom Pferd. Genußvoll den Rauch einziehend, führte er mit den beiden Frauen ein belangloses Gespräch über dieses und jenes.

»Einen guten Tabak hast du, Sejde!« lobte er einmal. »Davon mußt du Ismail in einem Päckchen was mitschikken. Dann wird er beim Rauchen an seine Heimat Talas denken. So einen Tabak wie bei uns gibt es nirgends.«

»Ja, das werde ich tun«, erwiderte Sejde mühsam. Sie hätte noch etwas sagen sollen, doch ihr fiel nichts ein. Ihr war, als müsse Myrsakul von ihrem Gesicht ablesen, welches Durcheinander in ihrem Hirn herrschte. Das ließ sie noch mehr erröten als vorher. Sie hüstelte zum Schein. »Pfui, was für ein scharfer Rauch, das zerreißt einem ja die Kehle! Was ist denn daran so schön?«

Obwohl sie nichts Unpassendes gesagt hatte, quälte sie sich die ganze Nacht. Hatte sie sich nicht verraten? Verhüte es Gott auch dieses Mal! dachte sie. Ich darf nicht rot werden, ich muß meine Stimme in der Gewalt behalten! Hat er etwas bemerkt? Ich bin selbst schuld, ich habe zuwenig Mut! warf sie sich vor. Und warum hat er das mit dem Päckchen gesagt? Zufällig oder mit Hintergedanken?

Ein andermal betrachtete Myrsakul die Bäume, die in Totois Garten am Aryk wuchsen, und tadelte die Besitzerin: »Baidaly hat die Bäume jeden Herbst beschnitten, aber ihr habt es dieses Jahr nicht gemacht. Dein Ältester kann doch schon zupacken! Die Äste müssen runter, sonst hört der Baum auf zu wachsen. Außerdem habt ihr gleich zusätzlich Brennholz.«

Totoi sah ihn ungehalten an und seufzte: »Meinetwegen brauchen sie nicht zu wachsen, ich werde keine Träne drum weinen! Was kümmern mich die Bäume? Die können einem auch nicht helfen! Wenn Baidaly nicht zu Hause ist, macht mir nichts Freude. Probier's doch mal: im Kolchos arbeiten, Ähren lesen, die Kinder ernähren. Sieh uns zwei Nachbarinnen an; von unseren Männern kommt kein Brief, keine Nachricht, Gott weiß, ob sie noch leben oder schon tot sind!« Sie wandte sich ab und biß sich auf die Lippe. »Und du erzählst uns was von Bäumen.«

Sejde erschrak und zog den Kopf zwischen die Schultern. Sie fürchtete, Myrsakul werde jetzt die ganze Wahrheit offenbaren. Vergleiche dich nicht mit ihr! würde er sagen. Ihr Ismail versteckt sich schon lange. Er ist hier, er ist geflohen! Ja, das schien ihr in dieser Minute unabwendbar.

Doch Myrsakul erwiderte etwas anderes. »Ich will dir mal was sagen, Totoi: Ein Baum kann einem sehr wohl helfen, nicht nur mit seinem Holz, sondern sogar mit seinem Schatten«, erklärte er ruhig. Plötzlich brauste er auf und schrie, als habe er schon lange vor, ihnen das alles ins Gesicht zu schleudern: »Hört doch auf mit eurem Altweibergeplärr! Kaum klappt's mal nicht mit der Post, schon fangt ihr an zu heulen! Macht euch lieber an die Spreu auf dem Druschplatz, die habt ihr einfach übereinandergeschüttet! Das ist Futter, und es verfault bis zum Frühjahr!

Wollt ihr, daß die Kinder keine Milch haben? Dafür reiße ich euch den Kopf ab! Wenn es eine allein nicht schafft, dann soll sie doch die Nachbarin zu Hilfe rufen! Ihr seid schließlich hier zu zweit, seid Nachbarinnen! Beide zusammen seid ihr doch einen Mann wert! Die russischen Frauen sitzen mit Gewehren in den Schützengräben, genau wie die Männer, ich habe es selbst gesehen, und ihr seid zu Hause und verliert den Mut, wenn mal keine Briefe kommen!«

Totoi schwieg und erwiderte kein Wort. Doch Sejde sagte, unerwartet für sie selbst: »Wir machen es. Noch heute werden wir die Äste absägen und die Spreu umschaufeln!« Vielleicht hätte sie sich nicht so schnell bereit erklären sollen? Aber diesmal trug sie gar keine Bedenken, sie sprach, wie ihr ums Herz war, einesteils, um das Gespräch von den Briefen abzulenken, und andererseits, weil sie sich für sich selbst und für Totoi schämte. Myrsakul sagte nichts weiter. Immer noch erregt und zornig, musterte er Sejde seltsam forschend und, wie es schien, wohlwollend. Dann schwang er sich aufs Pferd und ritt davon.

An diesem Tag, an dem Sejde ihrer Nachbarin in der Wirtschaft half, empfand sie eine unbewußte stille Freude. Sie war innerlich ruhig, als habe sie eine Schuld abgetragen. Schon lange hatte sie nicht mit so frohem Herzen und mit jenem Schwung geschafft, in dem man alles gleich auf einmal machen will und einem die Arbeit flott von der Hand geht. Übermütig scherzte sie mit Totois Kindern, die eher störten als halfen. Doch das ärgerte sie nicht. Sie hätte singen und laut lachen mögen. Nur wenn sie an Myrsakuls seltsamen Blick dachte, der ihr wie ein Stich ins Herz gegangen war, wurde sie plötzlich still, und ihre Arme sanken herab.

Warum hat er mich so angesehen? Argwöhnt er etwas? Aber vielleicht bilde ich mir das nur ein?

Und so blieb es. Jedesmal, wenn Myrsakul auftauchte, überkam Sejde Verwirrung und Furcht. Sie wartete immer darauf, daß er sagte: Wo ist dein Ismail? Wo versteckst du ihn? Und ihr Herz schlug so laut, daß sie fürchtete, er könnte es hören.

Wenn Myrsakul wieder weg war, lief sie nach Hause, schöpfte mit bebenden Händen eine Kelle voll eisigen Wassers und trank so hastig, daß sie sich verschluckte und sich die Brust bespritzte. Erst nachdem sie den unerträglichen Durst gelöscht hatte, vermochte sie ihre Gedanken zu sammeln.

Nein, er weiß nichts! entschied sie dann. Wenn er herkäme, um nachzuforschen oder mich zu verhören, würde ich es doch merken! Er fragt ja bloß, wie es uns geht, und reitet wieder weg. Und selbst wenn er etwas argwöhnt, von mir erfährt er nichts! Soll er mich tausendmal fragen, ich verrate Ismail nicht, niemals! Andere Frauen bitten Gott unter Tränen: Laß meinen Mann lebendig zurückkommen, weiter wünsche ich mir nichts! Liebe ich denn meinen Mann nicht auch, habe ich Gott nicht auch darum gebeten, schon unseres Sohnes wegen? Und Gott hat mir Ismail zurückgeschickt, damit ich selbst ihn behüte.

Mit Schneestürmen und klirrenden Frösten kam die kälteste Zeit des Winters. Eine ganze Woche lang ließ der Wind nicht nach, und der Schnee türmte sich zu steilen, dichten Verwehungen auf. Die steinhart gefrorenen Wege tönten unter den Füßen wie Metall.

Der Ail lag verödet, in eine windgeschützte Talsenke gekauert. Aus den tönernen Schornsteinröhren stieg

Rauch, und darüber, in der trüben, fahlen Höhe, ragten schweigend und von eisigem Sturm umbraust die majestätischen Gipfel der Berge.

Das Leben wurde von Tag zu Tag schwerer.

In ihrer kalten Stube hockten an der Außenwand des Hauses die Hühner aufgeplustert und dicht zusammengedrängt in einer Ecke. Blinzelnd, die Augen halb geschlossen, betrachteten sie traurig die Menschen. Sie hätten mit Körnern gefüttert werden müssen, doch woher nehmen! Der Mais stand in der Nische hinter dem Ofen in einem großen hausgewebten Sack, der von Tag zu Tag mehr zusammensank, es schien, als würde der Mais allein vom Hinsehen weniger.

Um zu sparen, ging Sejde schon seit dem Herbst nicht mehr zur Mühle. Dort wollte man Korn fürs Mahlen haben, und da war es schon besser, zu Hause mit der Hand zu mahlen. So manche Nacht schlief sie nicht. Tagsüber ging sie arbeiten, und vom Abend an saß sie an der Handmühle. Wie heißer Zunder rauchte der schwere Mühlstein, wie Feuer brannten die zerschundenen Hände. Der stechende Schmerz im Kreuz trübte ihren Blick, doch sie verließ ihren Platz nicht. Ismail mußte morgen etwas zu essen haben! Sie siebte das Gemahlene durch, legte eine Handvoll für den Brei des Kindes beiseite und buk aus dem restlichen Mehl für Ismail Fladen. Sie selbst und die Alte waren mit der Kleie zufrieden, die im Sieb zurückblieb. Daraus kochten sie sich eine Suppe. Wie sollten da noch Körner für die Hühner abfallen? Wenn sie nur selbst bis zum Frühling durchkamen!

Sejde hielt die Hühner, um im Frühjahr Eier für den Jungen zu haben, doch sie hatte sich verrechnet. Es gab kein Fleisch. Wenn Ismail kam, kochte ihm Sejde ein Huhn. Und sie hätte ihm noch viel mehr Fleisch vorgesetzt, wenn ihr Geflügelbestand größer gewesen wäre. Alles, was im Hause war, alles, was sie ergattern konnte, hob Sejde für ihren Mann auf.

»Wir sind ja zu Hause, wir kommen zur Not auch mit Wasser aus!« sagte sie zu der Alten, die ohnedies bereit war, alles für ihren Sohn zu opfern. Trotzdem krampfte sich Sejdes Herz vor Scham und Mitleid zusammen, wenn Ismail nach Hause kam.

Das Gesicht mit einem schmutzigen Tuch verdeckt, einen schmierigen, abgewetzten Pelz über dem Mantel, verrußt wie ein Landstreicher, erschien er in stürmischen Nächten in der Tür. Sobald er ein wenig aufgetaut war, ging ein widerwärtiger Geruch von ihm aus.

Während Sejde über dem Feuer die Läuse aus seinem Hemd schüttelte, musterte sie ihn verstohlen und mitleidig und dachte verzweifelt: Ach, was macht die Kälte aus dir? Wenn du zu Hause wärst, ich würde jedes Stäubchen von dir fernhalten!

Er aber hockte am Feuer wie ein Kauz, mit trübem, bösem, gehetztem Blick. Sein Gesicht war von der Kälte rauh geworden wie ein Stück Filz.

Sejde begriff, daß er es schwer hatte, und sie bemühte sich, liebevoll zu sein und ihn mit Gesprächen zu zerstreuen. Mann und Frau müssen immer zusammenstehen in Not und Leid! redete sie sich zu. Was mir auch beschieden sein mag, ich muß es tragen. Wenn nur Ismail nichts zustößt. Es wird alles vorübergehen, wird wieder besser werden, ich muß durchhalten! Totoi ist allein mit ihren drei Kindern, sie hat nichts als eine Handvoll Talkan für jedes, und sie hält sich tapfer, läßt sich nichts anmerken!

Eines Tages, als Sejde von der Arbeit im Tabaklager zurückkehrte, holte Myrsakul sie an der Brücke ein.

»Warte mal, Sejde!« rief er ihr zu.

Es war nichts Verdächtiges in seiner Stimme, doch Sejde wurde sofort mißtrauisch. Sie erwartete das Schlimmste und schob rasch ihr Tuch vor die zitternden Lippen. Myrsakul ritt im Trab zu ihr heran, beugte sich vom Sattel und sah ihr starr ins Gesicht.

Er weiß es! dachte Sejde entsetzt. Bestimmt! Was zögerst du noch? So rede doch! Fast hätte sie es herausgeschrien, so quälend lange, so unverwandt sah Myrsakul sie an.

»Ich möchte dir als dein Verwandter etwas sagen, Sejde«, sprach er.

»Was denn?« fragte Sejde, doch sie hörte ihre eigene Stimme nicht. Hatte sie das laut gesagt oder nur gedacht?

»Aber was hast du denn?« fragte Myrsakul bestürzt, er ärgerte sich über seine Ungeschicklichkeit. Jetzt hatte er der Frau einen Schreck eingejagt; sie hatte ja keine Post von ihrem Mann, da konnte sie alles mögliche vermuten. Wie blaß sie geworden war! »Nein, hab keine Angst, es ist nichts Schlimmes. Ich wollte dir nur sagen: Morgen geben wir an die Familien der Frontkämpfer etwas Körnerfrucht aus. Es stehen aber nicht alle auf der Liste. Du auch nicht, Sejde. Ich denke, du hast dafür Verständnis und bist nicht beleidigt. Es kommen ja nur fünf oder zehn Kilo auf jede Familie, und da haben wir erst mal die Kinderreichen bedacht, solche wie Totoi. Reg dich also morgen nicht auf. Alle müßten etwas bekommen, aber woher nehmen?«

Sejde fiel ein Stein vom Herzen. »Na wennschon, dann eben nicht«, erwiderte sie gefaßt. Ich hab's nicht so nötig, das ist wahr, es ist besser, solchen zu helfen wie Totoi. Ich werde mich schon durchschlagen! wollte sie sagen, aber sie wagte es nicht, dazu reichte ihr Mut nicht.

Myrsakul legte ihre Worte jedoch auf seine Weise aus.

»Aber Sejde, sieh doch mal, denk nichts Schlechtes«, druckste er. »Ein andermal kriegst du auch was. Bestimmt! Das verspreche ich dir. Sag das auch der Alten, sonst wird sie knurren und sagen: Myrsakul gehört zu unserer Sippe, aber man hat nichts von ihm, obwohl er im Dorfsowjet ist! Ich würde gern etwas für meine Verwandten tun, aber du siehst ja selbst...«

Er überlegte, betrachtete die verschneiten Hütten des Ail und trieb sein Pferd an, zügelte es aber gleich wieder. Er wollte noch etwas sagen, konnte sich jedoch nicht dazu entschließen. Wieder sah er Sejde so seltsam an wie damals auf Totois Hof, doch diesmal unverhüllter. Ja, jetzt war es klar – Zärtlichkeit und Wohlgefallen lagen in diesem Blick, und seine Augen sprachen: Ich wußte, daß du mich verstehen würdest. Ich habe dir immer vertraut. Du bist die beste Frau der Welt, ich liebe dich. Schon lange liebe ich dich!

Sejde erschrak. In ihr Tuch gehüllt, blaß vor Furcht und Erregung, wich sie unwillkürlich zurück. In ihren weit geöffneten Augen stand starres Erstaunen. Sie war jetzt sehr schön.

»Ich gehe!« sagte sie leise, doch fest.

»Warte noch!« Myrsakul zögerte. Er griff nach dem Zügel und ließ ihn wieder fallen.

»Warte noch, Sejde!« wiederholte er. »Wenn es dir mal zu schwer wird, dann sag es mir. Wenn dein Söhnchen was braucht, vielleicht für Brei, ich würde meinen Mantel verkaufen, um es zu besorgen.«

Sejde hörte zu und nickte schweigend. Sie wußte nicht, was sie denken sollte. Zwar empfand sie Dankbarkeit für Myrsakul, doch ihre Augen blickten kalt und abweisend: Rühr mich nicht an! Sieh mich nicht so an, ich habe Angst vor dir! Laß mich, ich will gehen!

Myrsakul senkte langsam die Lider, und als er, sich im Sattel aufrichtend, Sejde abermals ansah, waren seine Augen so wie immer. Mit gleichgültiger Stimme sagte er: »Nun geh, dein Sohn weint sicher schon nach dir!«

Sejde wandte sich brüsk um und mußte an sich halten, um nicht zu rennen. Als sie ein Stück weg war, blickte sie über die Schulter zurück. Sie blieb stehen. Mit gesenktem Kopf ritt Myrsakul am Ufer entlang, ohne sich umzusehen. Sein Pferd ging im Schritt, und er trieb es nicht an. Vielleicht weil er den Mantelkragen hochgestellt hatte, fiel jetzt besonders auf, wie mager er war, wie krumm er sich hielt und wie tief seine verkrüppelte armlose Schulter herabhing.

Seinen Mantel will er verkaufen! Aber dann friert er doch! dachte Sejde, und plötzlich wallte etwas nie Gefühltes in ihrem Herzen auf, etwas wie heiße Zärtlichkeit und tiefes Mitleid. Sie hätte ihm nachlaufen, ihn anhalten, ihm ein freundliches Wort sagen und ihn um Verzeihung bitten mögen. Was findest du denn an mir, einer verheirateten Frau? Gibt es denn im Ail nicht genug hübsche Mädchen? Und du weißt nicht, daß mein Mann bei mir ist . . .

In ihrem Kopf ging alles wirr durcheinander. Das trockene Knirschen des Schnees unter ihren Füßen dröhnte ihr in den Schläfen. Bis zu ihrem Haus sah sich Sejde immer wieder erschrocken um, die bebenden Lippen hinter dem Tuch verborgen.

Eine schlimme Nachricht ging im Ail um. Die Frauen im Tabaklager tuschelten miteinander und verstummten bekümmert, wenn Totoi mit einem Tabakballen auf dem Rücken vorüberkam.

Eine der Frauen, mit schwarzem Kopftuch und noch

nicht verheilten tiefen Kratzwunden im Gesicht, konnte sich nicht länger beherrschen und schluchzte laut: »Die unglücklichen Waisen! Möge gleiches Leid über die Deutschen kommen!«

Der Dorfsowjet hatte die Mitteilung erhalten, daß Baidaly bei Stalingrad gefallen war.

In der letzten Zeit hörte man bald da, bald dort die Klagerufe der Männer, die einen Anverwandten verloren hatten. »Mein Bruder! Mein Anverwandter!« riefen sie, im Sattel schwankend. Und zur Antwort tönte aus einer von Menschen umringten Hütte der herzzerreißende Trauergesang der Frauen. Sie saßen mit dem Rücken zur Tür, kratzten sich mit den Fingernägeln das Gesicht blutig und klagten:

Dein Zaum war aus Silber,
und du warst tapfer wie ein Löwe.
Nutzlos hängt nun der Zaum an der Wand,
und ein schwarzes Tuch umhüllt meinen Kopf.
Dein Sohn wird dich bei den Feinden rächen!
Oooha, eeeh!

Bis Mitternacht, bis sie, heiser röchelnd, vor Erschöpfung verstummten, beweinten die Frauen die Gefallenen. Sejde war jedesmal schrecklich zumute, wenn sich die Menschen aus dem ganzen Ail versammelten, um im Hause eines Gefallenen Klagelieder anzustimmen. Sie scheute sich, den Leuten unter die Augen zu treten, und versteckte sich, ohne es selbst zu merken, hinter dem Rücken der anderen. An solchen traurigen Tagen wäre sie am liebsten davongelaufen, in die Berge oder an einen unbewohnten Ort, um dort in der Einsamkeit zu klagen, wo niemand sie sah und hörte.

Und nun war die Reihe auch an Totoi. Auch vor ihrem

Hause würden die Menschen zusammenströmen, und Totoi würde laut jammern und sich das Gesicht mit den Nägeln zerkratzen, und ihre Jungen mußten, wie rechte Männer, den Gürtel festziehen, in den Hof gehen und, auf Stöcke gestützt, die Männer mit der lauten Klage empfangen: »Mein Vater! O mein Vater!«

Die arme Totoi, sie wußte noch nicht, welches Leid über ihrem Haupt schwebte. Die Nachricht von Baidalys Tod lag bei Myrsakul. Bei den Kirgisen ist es nicht üblich, von solchen Dingen sofort zu sprechen. Wann Totoi es erfahren sollte, mußten die Aksakale bestimmen. Zusammen mit der Gefallenenanzeige hatte die Kolchosleitung einen Brief von Baidalys Regimentskommandeur bekommen.

Er schrieb, Baidalys Einheit sei bei einem Angriff auf einem schmalen Streifen zwischen dem Wolgaufer und einem verminten Drahtverhau zusammengedrängt worden. Alles schien verloren. Die Leute seien von MGs niedergemäht worden, niemand habe gewagt, sich als erster dem Minenfeld zu nähern. Da sei Baidaly aufgesprungen und zum Stacheldraht gelaufen, Minen seien detoniert, und ein Durchgang wurde frei. Der Feind sei aus seiner Stellung vertrieben worden.

Nachdem die Aksakale diesen Brief gehört hatten, ehrten sie das Andenken ihres Landsmannes durch Schweigen. Lange saßen sie so und beteten.

»Ja!« seufzte schließlich der Postbote Kurman und zog seine Kappe wieder tiefer in die Stirn. »Er konnte mit dem Wasser umgehen, er hatte goldene Hände. Wo Baidaly das Wasser hinleitete, dort wuchs immer Brot. Ja, und nun? Seine Kinder haben mir oft den Weg versperrt und mir zugesetzt: ›Onkel Kurman, wann bringst du uns einen Brief von unserem Vater?‹ Ich habe ihnen immer einen für den Markttag versprochen, und sie haben es geglaubt. Und wie ist es nun gekommen ... Ja, ja, wie das Schicksal der Helden, so das Schicksal des Volkes!«

Myrsakul fragte die Aksakale um Rat, ob er Totoi den Tod Baidalys mitteilen solle.

»Wenn schon sein Vorgesetzter schreibt, daß er tot ist, dann besteht keine Hoffnung mehr«, erwiderten die Alten. »Aber hör uns an, Myrsakul. In so einer schweren Zeit, wo Totoi ihre Kinderchen noch wie junge Hunde zwischen den Zähnen trägt und sich abquält, damit sie nicht verhungern, wagen wir es nicht, ihr den Tod ihres Mannes mitzuteilen. Wenn nun ihre Arme erlahmen, was soll dann aus ihren Kindern werden? Nein, wir können ihr nicht die letzte Hoffnung nehmen. Es ist besser, wir verschieben es auf den Herbst. Wenn wir die Ernte eingebracht haben und die Menschen wieder ein bißchen satter sind, dann geben wir den Tod unseres Baidaly öffentlich bekannt und holen die Gedenkfeier mit allen gebührenden Ehrungen nach.«

Im Ail billigte man den Entschluß der Alten. Bis zum Herbst hatte niemand das Recht, von Baidalys Tod zu sprechen. Trotzdem weinten die Frauen im Tabaklager, wenn auch insgeheim, denn Totoi wußte ja nichts.

In der Nacht kam Ismail, und Sejde erzählte ihm vom Schicksal ihres Nachbarn. Ismail sagte nichts darauf und hob nur unbestimmt die Schultern. Gott mochte wissen, was er dachte. Vielleicht tat ihm Baidaly im Herzen leid, vielleicht auch nicht. War er denn umsonst geflohen, hütete er ohne Grund sein Leben? Baidaly hatte sich selbst auf eine Mine gestürzt. Nun, da war er eben umgekommen. Das war vorauszusehen gewesen. Nein, Ismails Gesicht blieb undurchdringlich, er sagte nichts.

Schweigend und mit großen, lauten Schlucken leerte er eine volle Schale Suppe. Dann brummte er mürrisch: »Ist noch was da?«

Es wird ihm jetzt nicht danach zumute sein, um andere zu trauern! Schließlich hockt er Tag und Nacht in der Kälte, darf sich niemandem zeigen, und dazu kann er sich nur alle paar Tage mal satt essen! dachte Sejde zu Ismails Rechtfertigung.

Nachdem sie ihn hinausgeleitet hatte, konnte sie lange nicht einschlafen. Der Wind schleuderte wütend Graupeln ans Fenster, in der Nähe kläffte ein frierender Hund und heulte dann kläglich: »Suuuk! Suuuk!« Sejde überrieselte es kalt. Mit Grauen stellte sie sich vor, wie jetzt der eisige Wind über die hartgefrorenen Felder und durch die Steppengrasbüschel pfiff und Ismail einsam durch die Nacht zu seinem Versteck stapfte. Im selben Augenblick fing auch noch der Kleine an zu weinen. Sie schlief schlecht in dieser Nacht.

Am Morgen sprengte Kurman mit wehenden Pelzschößen auf den Hof. Ihm oblagen auch die Pflichten eines Gemeindeboten. »Sejde!« rief er aufgeregt und klopfte an die Tür. »Ein NKWD-Mann aus dem Kreis ist da, er möchte dich dringend sprechen! Mach dich schnell fertig!«

Sejde lief auf das Klopfen hinaus und begriff sofort. Sie fragte gar nicht erst, warum man sie rufe. Schweigend preßte sie die Zähne zusammen. Ismail, Liebster, was soll jetzt werden? schoß es ihr durch den Kopf.

Da lief Assantai herbei. Er glaubte wohl, Kurman habe einen Brief von Ismail gebracht. »Süjüntschü, Tante Sejde, ein Brief von Onkel Ismail!« rief er froh, doch als er Sejdes bleiches Gesicht sah, verstummte er mitten im Satz und sah sie verlegen an. Er trat zur Seite und zog, vor

Kälte oder weil er sich schämte, den Kopf zwischen die Schultern.

»Auch noch das Unglück!« brummte Kurman ärgerlich. Man wußte nicht, auf wen sich diese Worte bezogen, auf Sejde oder auf den Jungen. Kurman wandte sich ab, versetzte dem Pferd einen Peitschenhieb und sprengte davon.

Sejde hätte nicht sagen können, wie sie zum Dorfsowjet gelangt war. Mit bebender Hand öffnete sie die Tür. Am Tisch saß ein Mann im Uniformmantel, eine Pistolentasche am Koppel. Sejde sah ihn nur verschwommen, ihr schwindelte der Kopf, und der Boden wankte unter ihren Füßen. Unterwegs hatte ihr ein schrecklicher Gedanke keine Ruhe gelassen: Sie werden Ismail ergreifen und abführen! Doch jetzt, in diesem Raum, war sie plötzlich zum Äußersten entschlossen. Ihre Furcht, ihr Kleinmut waren verflogen. Ich gebe Ismail nicht her! Ich gebe ihn nicht her! Wie einen Schwur hämmerte sie sich diese Worte ein. Ich gebe Ismail nicht her! Ich gebe ihn nicht her!

»Setzen Sie sich!« sagte der Bevollmächtigte des NKWD.

Sejde hörte ihn nicht.

»Setzen Sie sich«, wiederholte der Mann.

Wie im Traum tastete Sejde nach einem Hocker und ließ sich darauf nieder.

Nachdem der Bevollmächtigte die Fragen zur Person gestellt hatte, schrieb er lange, wobei er sie wiederholt prüfend ansah. Dann teilte er ihr mit, daß ihr Mann aus einem Zug desertiert sei und sein Gewehr sowie einige Patronen mitgenommen habe. »Wo ist er jetzt?« fragte er.

»Das weiß ich nicht, ich weiß überhaupt nichts«, antwortete Sejde.

»Seien Sie offen, wir finden ihn so oder so! Wenn Sie

sein Bestes wollen, dann sagen Sie ihm, er soll sich freiwillig stellen. Sie müssen uns helfen.«

»Ich weiß von nichts. Man hat ihn in die Armee geholt, weiter ist mir nichts bekannt. Ob er geflohen ist oder nicht, weiß ich nicht.«

Was der Bevollmächtigte auch fragte, wie er auch auf sie einredete, sie antwortete auf alles kurz: »Das weiß ich nicht.« Und bei sich dachte sie: Ich bin doch nicht mein eigener Feind! Macht, was ihr wollt, schlagt mich tot, aber ich sage nichts!

»Ich weiß nichts!« beharrte sie.

Als das Verhör beendet war und sie zur Tür ging, mußte sie alle Kraft zusammennehmen, um sich aufrecht zu halten und nicht zu fallen. Vor dem Haus begegnete ihr Myrsakul. Er kam mit stürmischen Schritten von der Pferdekoppel und rauchte im Gehen eine Zigarette. Er sah schlecht aus. Sein Gesicht war eingefallen, matte Röte überzog seine Wangen; die eckig hervorstehende armlose Schulter zuckte unter dem schäbigen Uniformmantel, und die Kirgisenkappe saß dicht über seinen Brauen.

Als er Sejde erblickte, blieb er stehen. Er musterte sie mit einem herausfordernden Blick.

»Warst du dort?« Er deutete mit dem Kopf auf die Tür. »Hast du's gesagt?«

»Was sollte ich denn sagen? Ich weiß von nichts«, antwortete Sejde.

»Ach so!« Myrsakul schwieg. Dann lachte er bitter auf, warf den Zigarettenrest weg, trat ihn mit dem Stiefel aus und hob brüsk den Kopf. »Denkst du vielleicht, du tust ihm einen Gefallen damit?« fragte er tadelnd. »Und dein Gewissen vor dem Volk? Wo hast du das gelassen? Wir alle, die Männer aus der Nachkommenschaft Dawlets, alle, die eine Kirgisenkappe auf dem Kopf tragen, wir sind gegangen, nicht einer ist zu Hause geblieben. Gott bewahre dich davor, daß du dich vom Volk entfernst, in guten wie in schlechten Tagen! Es ist eine Schande für uns alle! Verstehst du das? Antworte mir: Verstehst du das? Bring Ismail her, solange es noch nicht zu spät ist! Er soll dort kämpfen, wo alle stehen!«

Sejde preßte die zum Hals erhobenen Hände zusammen. Jedes Wort Myrsakuls drohte ihr das zu entreißen, was sie niemals preisgeben durfte. Noch ein Wort von ihm, und alles ist zu Ende; sie wird sich nicht mehr in der Gewalt haben, wird auf die Erde niederfallen und alles gestehen.

»Komm du mir nicht mit Gewissen!« schrie sie in höchster Erregung. Sie wußte keinen anderen Ausweg. Blind vor Verzweiflung und Wut, fiel sie über Myrsakul her: »Vielleicht ist er wirklich geflohen! Woher soll ich das wissen? Jedem ist sein Leben lieb, jeder sieht zu, wo er bleibt! Was willst du eigentlich? Ist er dir vielleicht im Weg? Hast du keinen Platz im Ail? Oder willst du, daß alle als Krüppel zurückkehren wie du?«

Myrsakul erstarrte. Sein Armstumpf hob sich krampfhaft und zog den leeren Ärmel aus der Manteltasche, sein Gesicht zeigte Schmerz und Zorn. Er rang lange nach Luft.

»Ich bin also deshalb als Krüppel zurückgekehrt, weil ich dümmer bin als dein Ismail?« Er wandte sich ab und senkte den Kopf, als suche er etwas auf der Erde. Dann lief er plötzlich auf Sejde zu, hob die Reitpeitsche und ließ sie auf ihre Schulter niedersausen. Sejde schrie nicht, sie wich nicht zurück. Die Peitsche pfiff über ihrem Kopf, doch sie starrte wie gebannt auf den Armstumpf, der im Rhythmus der Schläge in dem pendelnden Ärmel zuckte. Für den Bruchteil einer Sekunde sah sie Myrsakuls blutig gebissene Lippen und seine furchtbaren, vor Zorn brennenden Augen. Dann sah sie, wie er sich vergeblich bemühte, die Peitsche über seinem Knie zu zerbrechen. Und wieder baumelte der Armstumpf hilflos hin und her.

Weit ausholend, schleuderte Myrsakul die Peitsche auf das Hausdach. Danach lief er davon, den Mantelärmel in der Faust zusammengeknüllt und an die Brust gepreßt wie an eine blutende Wunde. Er lief, ohne sich umzublicken, durch Gärten, Schneewehen und Aryks. Die abgenutzte Kartentasche schlug kläglich an seine Hüften.

Fassungslos und entsetzt sah ihm Sejde nach. Erst jetzt fühlte sie, wie ihre geschlagene Schulter brannte. Die Kränkung würgte sie in der Kehle, sie hätte schreien und laut weinen mögen.

Dann ging sie im eisigen Wind die Straße hinunter, ohne etwas zu sehen. Der stiebende Schnee verklebte ihre trockenen, starren Augen, und sie stolperte über ihre eigenen Beine.

Ihre Gedanken brannten genauso wie die Striemen an ihrem Hals. Er hat mich geschlagen, er hat mich geschändet! Ich werde es Ismail sagen, er wird mich rächen! dachte sie immer wieder. Doch sogleich verwarf sie diesen Entschluß. Nein, ich werde es ihm nicht sagen. Er würde sofort in den Ail stürzen, und sie könnten ihn fassen. Ich will es lieber verschweigen und ertragen, aber in meinem Herzen werde ich es ihm niemals verzeihen, bis ans Ende meines Lebens nicht. Es heißt nicht ohne Grund: Der Bruder ist des Bruders Feind. Myrsakul haßt Ismail, weil er lebt und unversehrt ist. Wenn wir nur erst den Winter überstanden hätten! Sei verflucht, Myrsakul! Ich werde dir niemals mehr in die Augen sehen!

Zu Hause preßte sie ihr Gesicht an die hageren Knie

ihrer Schwiegermutter. Sie umarmte die schweigsame, schicksalsergebene Alte und klagte ihr laut: »Myrsakul hat mich geschlagen, Mutter, er hat mich geschlagen!«

Sie weinte lange und untröstlich.

Undeutlich drang die stockende Stimme der Schwiegermutter an ihr Ohr: »O mein Kind, du unsere Ernährerin. Alle Hoffnung ruht auf dir, du bist unsere Stütze. Ich sehe alles, ich weiß alles. Mein Leben lang will ich für dich beten. Nimm diese Kränkung hin, schweig. Gott wird uns richten wie auch Myrsakul, der die Stammespflicht vergessen hat.«

In der Nacht paßte Sejde ihren Mann in einer Schlucht ab. Er kehrte wieder in seine Höhle zurück, ohne den Ail betreten zu haben.

Zum Frühjahr ging bei vielen Ailbewohnern das Korn zur Neige. Die letzten Reste wurden zusammengekratzt. Man sprach nur noch davon, daß doch die Kühe bald kalben und Gerste und Weizen bald reifen müßten. Gesagt war das leicht, aber die Zeit wurde lang, wenn man darauf wartete.

Im Frühjahr magert das Vieh ab, und die Knochen biegen sich, heißt es. Den Menschen ergeht es nicht besser. Sejde durchlebte ihre schwersten Tage. Seit ihrem Zusammenstoß mit Myrsakul kam Ismail nicht mehr nach Hause, er verließ seine Höhle weder bei Tag noch in der Nacht. Sejde ging Reisig holen und brachte ihm Essen; wenn es tagsüber nicht möglich war, dann in der Nacht. Sie ertrug alles, doch eins erfüllte sie mit ernster Besorgnis. Ismail wurde unersättlich. Wieviel sie auch brachte, er vertilgte alles bis zur letzten Krume. Und selbst wenn er sich satt gegessen hatte, blickten seine Augen hungrig und gierig wie zuvor.

»Habt ihr noch was zu Hause, oder muß ich vor Hunger krepieren? Verbirg mir nichts, sag mir die volle Wahrheit!« drang er in sie.

»Warum redest du so!« tadelte ihn Sejde. »Wenn du nur lebst. Für einen lebendigen Menschen findet sich immer ein Stück Brot.«

Sie stand jetzt im Morgengrauen auf und ging zum Druschplatz vom Vorjahr. Dort breitete sie eine Sackleinwand aus und warf darauf die liegengebliebene Spreu in den Wind. Sie schichtete auch das Stroh um und las jedes Korn heraus. Auf diese Weise brachte sie am Tag eine Tüte schrumpliger armseliger Körner zusammen. In der Nacht mahlte sie die Ausbeute und buk daraus für Ismail Brot. Doch wie lange würde sie sich so durchschlagen können?

Sie hatte einen sehnlichen Wunsch: ein Kälbchen. Wollte Gott, daß die Kuh glücklich kalbte, dann war Milch da für Ismail und Butter. Ismail hatte sich in sich selbst vergraben, er war völlig verwildert, als sei ihm die ganze Welt verhaßt. Meistens schwieg er stumpfsinnig. Sejde hörte nicht ein einziges freundliches Wort von ihm. Was ging in seinem Kopf vor? Woran dachte er? Und wenn er schon mal den Mund aufmachte, dann redete er vom Essen, und wahrscheinlich dachte er auch nur daran. Wenn die Rede auf Fleisch kam, lief ihm das Wasser im Mund zusammen, und er spuckte zornig aus. Manchmal erklärte er unvermittelt mit düsterer Miene: »Mein Blut ist kalt geworden, es ist viel Wasser drin. Sehr viel.«

Etwas Ungutes tauchte in der Tiefe seiner Augen auf, und wieder schwieg er hartnäckig. Woran dachte er in solchen Minuten? Es schien fast, als habe er den Verstand verloren.

Vielleicht hat er Sehnsucht nach seinem Sohn? dachte Sejde einmal. Am Tag darauf badete sie den Kleinen, zog ihm reine Wäsche an, wickelte ihn warm ein und trat mit ihm auf die Straße.

»Ich will meine Verwandten in der Kleinen Schlucht besuchen«, antwortete sie auf die Fragen der Nachbarinnen. Doch sie ging zu Ismail. An diesem Tag war sie glücklich. In den Ail kehrte sie erst vierundzwanzig Stunden später zurück.

Der Frühling kündigte sich zeitig an. Zum erstenmal war schon am Morgen mildes Wetter. Der Schnee, der nur noch einer fadenscheinigen Wolldecke glich, schrumpfte zu unregelmäßigen Flecken zusammen, und von der Erde stieg Dampf auf. Durch das Tal zog ein warmer Hauch, und leise plätscherndes Tauwasser, das unter den zusammengesunkenen, mit Nässe vollgesogenen Schneewehen hervorrann, floß in die Aryks.

Vom alten Druschplatz am Rande des Feldes kam der Duft warmen, abgelagerten Getreides. Dort wendete jemand das Stroh. Es war Sejde. Sie stopfte einen Sack voll Spreu, schleppte ihn auf eine Anhöhe und rief durch einen Pfiff den Schutzpatron der Winde. Wie Goldkörnchen im Sand suchte sie die Getreidekörner auf – eine ermüdende, langweilige Arbeit. Doch Sejde empfand sie nicht als Last. Was auch immer geschah, sie mußte Ismail bis zum Ende des Frühjahrs ernähren.

Wenn es doch bald richtig Frühling würde und der Sommer begänne ... So unterwirft sich der Mensch folgsam dem Kreislauf der Zeit in der Natur, nach dem Winter ersehnt er Wärme und neue Energie wie die Wiederkehr verlorener Freiheit, denn ist die im Winter abgestorbene Natur erst wieder erstanden, dann erwacht auch der Lebensmut neu. Aber Sejdes Erwartungen umfaßten weit mehr. Sobald man sich über den zu anderen Jahreszeiten ungangbaren verschneiten Gebirgspaß wagen konnte, öffnete sich ihnen der Weg zum Tschatkal, der Weg zur Rettung ihres Mannes und der ganzen Familie. Und sie begriff sehr gut, daß sich ihnen allen damit die einzige Möglichkeit bot, der schlimmen Lage zu entrinnen.

Unablässig dachte sie jetzt darüber nach, voller Hoffnung und Angst, wobei die Hoffnung überwog, und sie empfand Dankbarkeit für ihre Schwiegermutter, denn sie, die unter dem Los des Sohnes bitter leidende alte Beksaat, kam als erste auf diese Idee – sie brachte die jungen Leute auf den Gedanken, ins Tschatkal-Tal zu fliehen.

Ein Lied über einen Pferdedieb ging Sejde durch den Kopf, das sie früher manchmal im Ail gehört hatte, ein draufgängerisches, verwegenes:

Ich stehle mir ein Pferd
wie Glut aus dem Lagerfeuer
und fliehe damit ins Tal des Tschatkal
über Eis und Schnee ...

Nie hatte sie diesem schlichten Lied eine Bedeutung beigemessen, niemals hätte sie geglaubt, daß die Gegend um den Tschatkal für sie einmal das Gelobte Land, das ersehnteste Stück Erde auf der ganzen Welt sein würde.

Der in der selbsterwählten Gefangenschaft schon verwilderte und menschenscheu gewordene Ismail aber sah vor sich ein Licht aufleuchten – wie der Pferdedieb in dem Lied strebte er im Herzen über Eis und Schnee an den Tschatkal, nur dieser Gedanke beherrschte ihn noch.

Seine Mutter, die stille, kränkelnde alte Beksaat, lebte in diesem Winter versteckt wie ein Maulwurf in seinem Bau unter einem Erdhaufen, aus dem er nur selten hervorlugt, um nachzusehen, ob die Welt noch an ihrem Platz steht. Ihr Gefühl gebot ihr, in solcher Situation, in der es den desertierten Sohn vor den Menschen zu verbergen galt, nicht auszugehen, sich niemandem zu zeigen und unnötige Begegnungen und Gespräche mit den Nachbarn zu vermeiden. Ein anderes Verhalten konnte sie sich schwer vorstellen. Sie saß mit dem kleinen Enkel zu Hause, und mehr wurde von ihr auch nicht verlangt. Und vor allem – so war es am besten für ihren Sohn und seine junge Frau. Die beiden konnten auf sie zählen. Ohne sie wären sie der Lage nicht Herr geworden, hätte Sejde nicht das Kind zu Hause lassen und nach Reisig, das heißt zum Versteck ihres Mannes in den Vorbergen, gehen können.

Schon bevor Myrsakul mit der Peitsche über sie hergefallen war, hatte Sejde ihrer Schwiegermutter mehrfach eingeschärft, sich nichts anmerken zu lassen, falls jemand sie unversehens nach ihrem Sohn fragen sollte. Sie riet ihr, ein bißchen über das Schicksal zu klagen, ohne die Augen niederzuschlagen. Wie kann, sollte sie sagen, eine ungebildete alte Frau wissen, was in der heutigen Welt vorgeht? Seit Ismail zur Armee eingezogen und an die Front geschickt worden ist, haben wir keinerlei Nachricht von ihm. Ob seine Briefe irgendwo unterwegs verlorengehen – wer weiß. Ich bete zu Gott, sollte sie sagen, daß mein einziger lieber Sohn, mein einziger Nachkomme, am Leben bleiben und früher oder später zurückkehren möge. Ob ich es erleben werde, weiß Gott allein. Und so weiter in dieser Art.

Die alte Beksaat nickte dazu verständnisvoll. Ihre welken Wangen wurden feucht von unmerklich rinnenden Tränen, und sie sah so unglücklich, so klein, abgehärmt und gebeugt aus, daß Sejde nicht wußte, ob sie sie bemitleiden oder ihr ins Gewissen reden sollte.

»Aber was tust du denn, Ene, was sollen die unnützen Tränen? Erzürne Gott nicht!« tadelte sie ihre Schwiegermutter. »Wie es auch immer sein mag, freue dich, daß er lebt, wenn auch als Fahnenflüchtiger. So kann er doch in der Nacht auf ein Stündchen nach Hause kommen. Er hat es schwer, er muß frieren in Regen und Schnee, aber das ist immer noch besser als dort im Krieg zu sein, wo so viele Menschen sterben. Er sagt doch selbst, dein Sohn: ›Ich will nicht in der Fremde meinen Kopf hinhalten. Warum soll ich in einer Gegend kämpfen, die ich nie gesehen habe und in der niemand aus meiner Sippe je gewesen ist? Wer den Krieg angezettelt hat, mag ihn auch selber führen. Ich warte ab, ich mache da nicht mit, und so werden wir's überstehen, so werden wir sehen.‹«

Das erklärte und wiederholte Sejde jedesmal, wenn sie zwangsläufig darüber ins Gespräch kamen, vor allem des Abends, sobald im Ail nacheinander die Lichter hinter den vereisten Fenstern ausgingen, die frierenden Hunde verstummten und sich einen behaglichen Platz für die Nacht suchten und jede Familie sich in ihrem Haus für sich allein um die niederbrennenden Feuer in den Öfen und Herden scharte, abgesondert von der Außenwelt bis zum nächsten Morgen, bis zum ersten Hahnenschrei und dem Muhen der Kälber. Es waren Stunden der völligen Selbstisolation aller gegen alle, und deshalb wurde an den Abenden mehr nachgedacht und mehr zu Herzen Gehendes durchlebt. Die alte Beksaat hörte gewöhnlich der jungen Frau schweigend zu, nachdem sie den Kleinen in Schlaf gewiegt hatten und unwillkürlich wieder stets dasselbe erörterten – wie es weitergehen sollte und was ihnen wohl bevorstand. Die Schwiegermutter seufzte dabei tief, nickte schicksalsergeben zur Antwort, und wenn das Gespräch dann in unbestimmten Redewendungen wie »Kommt Zeit, kommt Rat« oder »Wir werden ja sehen« immer auf die gleiche Weise endete, vermochte die alte Frau ihre Sorge nicht zu verbergen. Hoffnungslos griff sie sich an den Kopf und flüsterte kaum hörbar mit blutleeren Lippen, als könnte jemand sie hören:

»Ich habe Angst, Sejde, ich habe Angst. Was soll bloß daraus noch werden?«

Da verzweifelte auch Sejde im innersten Herzen, doch sie zeigte es nicht, sondern beherrschte sich gewaltsam.

»Beruhige dich, Ene, wozu schon vorher weinen? Es wird ja jetzt wärmer, bald taut der Schnee weg, die Erde trocknet, und dann ist's leichter für ihn wie für uns«, sagte sie fest, um nicht selber in Tränen auszubrechen. »Wir werden uns was ausdenken, wir sind doch lebendige Menschen, da wird uns schon was einfallen. Wenn nur im Ail keiner dahinterkommt! Paß gut auf, wenn dich einer fragt, sage kein Wort – ich weiß von nichts, und fertig.«

Sie verstummten, und jede dachte an dasselbe, keine sah einen Ausweg, keine wußte, wie es weitergehen sollte. Doch da sie Ismail erwarteten – er kam gewöhnlich gegen Mitternacht –, machten sie sich an die Arbeit, um alles vorzubereiten, damit er etwas essen und sich aufwärmen konnte, ehe er in der Morgendämmerung den Ail wieder verließ. Vor seiner Ankunft ging Sejde, in den Schafspelz gehüllt, hinaus in den Hof, wo sie ihn hinter der Scheune abpaßte, um ihm zu sagen, ob alles in

Ordnung war und er unbesorgt ins Haus kommen konnte. Sich umsehend und auf alle Geräusche lauschend, wartete sie voller Bangen auf sein Erscheinen und redete unterdessen in Gedanken mit den flimmernden Sternen und dem Mond in der Ferne über dem frostigen verschneiten Gebirge. Nur ihnen durfte sie ihr schmerzendes Herz ausschütten, nur an sie sich mit der Bitte wenden, sofern sie sie auf wunderbare Weise hören und Einfluß auf das irdische Geschehen nehmen konnten, ihren Mann, ihren kleinen Sohn, die alte Frau und sie selbst vor denen zu schützen, die, wenn sie von Ismails Desertion erführen, sie allesamt gefesselt nach Sibirien in den Tod schikken würden. Erhört mich! flehte sie in ihrem Gebet zu den Sternen. Nur euch offenbare ich es. Ihr steht dort oben an eurem Platz, durch nichts bedroht, niemand verfolgt euch, ihr führt keine Kriege untereinander. Wir hier aber wissen uns nicht vor dem Krieg zu retten. So viele Menschen kommen darin um – unzählige. In unserem Ail gibt es schon keine Männer mehr, alle sind sie dort. Sie müßten in den Krieg, sagten sie, müßten kämpfen, und alle zogen los. Im Grunde seines Herzens will keiner sterben, und doch gehen sie alle. Warum ist das so? Und wenn mein Mann aus dem Transportzug geflohen ist, so hat er selbst so entschieden – jeder ist Herr über seinen Kopf, sagt er, es bleibt sich gleich, wo man zugrunde geht. So ist es, aber wie wird das enden? Deshalb flehe ich nun zu euch, den Sternen und dem Mond. Außer euch haben wir niemanden. Meine alte Schwiegermutter und ich denken schon an nichts anderes mehr. Und das Kind ist noch so klein, was soll mit ihm werden, es wird nicht gefragt. Aber auch sein Kinderdasein gerät durcheinander. Ich spreche darüber mit meinem Mann, doch er sagt nur immer wieder: ›Mein Los ist auch das eure. Wie war's denn, als wir geheiratet haben?‹ sagt er. ›Da haben wir einander geschworen, in Freud und Leid zusammenzustehen.‹ Dazu bin ich ja bereit. Nur, wie soll das Leben weitergehen? Wie lange wird dieser große schreckliche Krieg in den vielen Ländern noch dauern, wo alle zum Kämpfen hingetrieben werden? Wie lange kann man so leben wie wir jetzt, vor jedermann verborgen, und wenn es plötzlich rauskommt, was dann? Auch er tut mir leid, schon ganz verwildert ist er und einsam wie ein Wolf ohne Rudel. Es ist nicht leicht für ihn. Er hustet mächtig, ist erkältet. Und im Hause gehen die Vorräte zur Neige. Im Keller sind nur noch die Saatkartoffeln übrig. Sie keimen schon. Mit Mehl sieht's noch schlimmer aus. Da hüten wir jede Handvoll, Brot backen wir nur für ihn, wir selbst begnügen uns mit Maisbrei... Im Kolchos hungern schon viele Familien. Sie schlagen sich irgendwie durch und warten allesamt auf den Frühling, warten, daß die Kühe kalben und Milch geben. Haben die Menschen eigentlich auch früher so schlecht gelebt? Man sagt, es habe schon immer viel Armut gegeben, aber einen solchen Krieg noch nie. Lieber arm sein, als fliehen zu müssen.

Wenn sich Ismail verspätete – er wartete manchmal, bis alle Fenster der Häuser dunkel waren, um nicht unversehens jemandem zu begegnen –, dann harrte auch Sejde geduldig und treuergeben hinter der Scheune aus, und die ganze Zeit über hing sie ihren Gedanken nach, richtete sie ihr Gebet an die Himmelslichter. Sie hörte erst auf zu grübeln und über so vieles nachzudenken, wenn Ismail endlich in der Dunkelheit auftauchte. Völlig durchgefroren, ging sie ihm entgegen, und alle eben noch angestellten Überlegungen waren vergessen. So führte sie ihn ins Haus. In der Morgendämmerung verschwand er wieder. Immerhin waren sie zusammengewesen, wenn auch nur für kurze Zeit.

Ismails Wäsche zu waschen war nicht weiter schwierig, aber die Männerhemden und die Hosen im Hof zum Trocknen aufzuhängen wagte Sejde nicht. Es hätte jemand hereinschauen und Fragen stellen können, und was sollte sie dann antworten? Deshalb trocknete die alte Beksaat die saubere Wäsche am Herd. Geduldig hielt sie in den Nächten die nassen Stücke lange über das glimmende Feuer.

Als sie wieder einmal so mit etwas zu Trocknendem in den schwachen Greisenhänden vor dem Herd saß, sprach sie weinend zu ihrer Schwiegertochter: »Sejde, ich wollte es dir schon lange sagen – es steckt etwas in mir drin, eine böse Krankheit. Immerfort habe ich Schmerzen in der Hüfte, wie ein Stein drückt es mich da. Beim Schlafen, beim Gehen, immer. Ich fühle meine Kräfte schwinden.«

»Aber warum hast du denn bis jetzt geschwiegen? Geht dir das schon lange so?« Es fiel Sejde erst jetzt auf, wie hinfällig die alte Frau geworden war, wie ihre Augen allen Glanz verloren hatten, und sie begriff, was es ihre Schwiegermutter gekostet haben mußte, das in ihr nagende Leiden schweigend und ohne Murren zu ertragen. Und sie geriet förmlich außer sich. »Ich habe das gar nicht gemerkt«, sagte sie schuldbewußt. »Wir müssen etwas dagegen tun, wenn es so ist.«

»Ach, was soll man da tun? Sag bloß Ismail nichts davon. Ihm auf keinen Fall. Du verstehst, das dürfen wir nicht. Deshalb habe ich auch geschwiegen. Er hat jetzt andere Sorgen.«

»Aber wieso denn? Irgend was müssen wir doch unternehmen!«

»Darum geht es mir nicht, Töchterchen. Mich quält

vielmehr ein anderer Schmerz, den ich nicht mit mir nehmen kann. Die Schmerzen in mir werden mit mir vergehen. Aber wenn ich daran denke, was aus euch wird, wie ihr leben werdet, was ihr vielleicht noch erdulden müßt, er und du, daß ihr nirgendwo mehr den Blick heben könnt...« Die alte Frau weinte, zerknüllte das halbtrockene Wäschestück in ihren Händen, ihre vorstehenden mageren Schultern zuckten. Dann fuhr sie mit tränenerstickter Stimme fort: »Der Mensch kann nicht ohne seinesgleichen leben. Er ist nur dann ein Mensch, wenn er andere um sich hat. Ich kann meinen Kummer um ihn, meinen Einzigen, nicht verwinden; selbst wenn eine Frau eine Schlange gebiert, ist die doch ein Stück von ihr wie ihre Leber, das läßt sich nicht ablegen. Er ist für mich alles, seinetwegen habe ich auf der Welt gelebt. Aber das brauche ich dir nicht zu erklären. Du bist selbst Mutter. Ich will dir nur sagen: Sprich nicht mit deinem Mann davon, kein Wort. Und noch etwas. Du stehst mir näher, Sejde, als sonst jemand auf der Welt, ich werde sterben und zu Gott um dein Glück beten, um weiter nichts. Ich werde ihm sagen, daß ich mit allem zufrieden bin. Und daß ich auch in der anderen Welt nur um dies eine bitten werde. Aber manchmal denke ich: Warum werden wir so gestraft? Du weißt, wir stammen nicht von hier, wenngleich uns die Hiesigen längst als die ihren ansehen. Wir sind hierher übergesiedelt, weil jedes Kind starb, das ich zur Welt brachte. Mein Mann war nicht recht gesund, und nachdem wir uns beide hier niedergelassen hatten, kränkelte er vollends. Ich weiß nicht, was sich für uns eigentlich besserte. Zuvor hatten wir schon drei Säuglinge begraben. Dann ging ich mit deinem Ismail schwanger, dem vierten. Mein Mann sagte: ›Wir haben hier kein Glück, alle unsere Kinder sterben, laß uns in den benachbarten Ail umziehen, dort wohnen entfernte Verwandte von mir.‹ In meiner Angst, mein Kind womöglich abermals zu verlieren, war ich bereit, bis ans Ende der Welt zu gehen. So kamen wir seinerzeit hierher. Das Söhnchen wurde geboren, wir lebten uns einigermaßen ein, aber meinem Mann ging's immer schlechter. Er hustete stark, seine Lungen waren nicht in Ordnung. Fünf Jahre danach starb er. Und ich blieb mit unserem fünfjährigen Sohn allein. Nach der Totenfeier besuchten mich meine Brüder – du kennst sie nicht, hast sie nie gesehen.«

»Ich weiß. Du hast mir von ihnen erzählt. Sie sind ins Tschatkal-Tal umgesiedelt«, erinnerte Sejde sie.

»Ja, so ist es. Ich habe dich gebeten, mit niemandem darüber zu reden. Meine Brüder waren kräftige und fleißige Männer. Sie kamen also und sagten: ›Wir würden dich gern mehr in unsere Nähe holen, warum willst du hier als einsame Witwe mit deinem Sohn leben? Du bist noch nicht alt. Womöglich findest du wieder einen Mann. Das kann alles sein. Hier bist du allein, besser, du hast deine Brüder bei dir, falls jemand um dich wirbt. Zieh um, wir helfen dir, vielleicht ist dir dort das Schicksal günstig.‹ Und ich antwortete: ›Ich danke euch, meine Brüder. Ihr seid die Älteren, ich bin die Jüngere. Ich will auf euch hören, aber laßt mir Zeit. Die Jahrestotenfeier für meinen verstorbenen Mann möchte ich hier ausrichten, wo er begraben liegt, wie es sich gehört, und danach werden wir sehen. Wenn ihr sagt, ich soll kommen, ziehe ich mit meinem Sohn in euere Nähe.‹ Ja, Sejde, meine liebe Schwiegertochter, so hatten wir es mit meinen Brüdern verabredet, mit Ussenkul und Aryn. Aber ein Jahr später, nach der Totengedenkfeier, als ich schon meine Vorbereitungen traf, ging's mit der Kulakenverfolgung los. Da hatten sie natürlich anderes im Kopf als uns beide. Meine Brüder – Ussenkul wie auch Aryn – waren klug genug, rechtzeitig die Pferde zu satteln und über den Gebirgspaß zu verschwinden, eben ins Tschatkal-Tal. Mit ihnen siedelten auch ihre Familien dorthin über. Sie ließen sich nieder und leben seither dort. Der Paß über die Tschatkal-Berge ist nur im Sommer einen Monat lang für Berittene oder Fußgänger offen, zu anderer Zeit könnte da nur ein Vogel durch, und auch der erfriert womöglich im Flug, ehe er die Gebirgskämme und Gipfelhöhen überwunden hat. Dorthin sind meine Leute geflohen, um nicht behelligt zu werden. Ich selbst war niemals dort, doch man hat es mir berichtet.«

Die alte Beksaat schwieg versonnen. Sie stocherte mit dem Schüreisen die Kuhmistglut im Herd auf und hielt dann wieder das Hemd ihres Sohnes zum Trocknen über die Glut. Ihre Augen waren nicht mehr feucht, offenbar hatte sie keine Tränen mehr.

O Gott, wenn sie bloß nicht stirbt! dachte Sejde erschrocken, während sie das blasse, ausgemergelte Antlitz ihrer Schwiegermutter betrachtete. Gar nicht gut sah sie aus – wie ein halbtoter Grashüpfer, den die Herbstkälte auf dem Weg niedergestreckt hat. Wenn sie nur am Leben bleibt! flehte Sejde erneut. Auch als Kranke kann sie doch leben! Was soll ich anfangen ohne sie?

In diesem Augenblick kam ihr eine vage Vermutung, die jedoch so unbestimmt blieb, daß Sejde den Gedanken nicht weiter verfolgte, sondern die alte Frau nur fragte: »Ja und, Ene, was wolltest du sagen? Du hast vom Tschatkal-Tal gesprochen.«

»Das sollst du gleich hören«, erwiderte die alte Beksaat. »Meine Brüder suchten also mit ihren Familien am Tschatkal Zuflucht, als hätten sie so eine Ahnung gehabt. In den fernen Bergen dort hat keiner über den anderen zu bestimmen. Die Berge sind die einzige Obrigkeit – wer sich einzuleben und Vieh zu halten versteht, der kommt zurecht, und wenn einer das nicht schafft, so ist niemand daran schuld, und er kann die Berge hinab weiterziehen zu den Usbeken. Meine Brüder machten sich auf Gedeih und Verderb davon, zu Hause aber richteten ihre Nachbarn, die ärmeren, alles zugrunde. Sie brachten nichts Nützliches zustande, obwohl sie sich das ganze Land angeeignet hatten. Und dann kam der Hunger. Ja, aber zuvor hatte man alle Bauern mit einer nur einigermaßen ordentlichen Wirtschaft als Kulaken verdammt und davongejagt. Wie mit dem Besen hat man sie aus jedem Ail hinweggefegt. Viele sind in Sibirien umgekommen. Aber meine Brüder haben es überlebt. Allerdings habe ich sie nie wiedergesehen. Sie sollen auch dort am Tschatkal wieder Fuß gefaßt haben und nicht schlecht dastehen. Unmittelbar vor dem Krieg sind wir einmal im Sommer, wenn du dich erinnerst, bei der Bahnstation auf dem Markt gewesen, und da trat ein Mann mit dunklem Gesicht und einer Wintermütze auf dem Kopf trotz der Hitze zu mir. Er kam vom Tschatkal und war einst selber einer der Hiesigen, die man zu Kulaken gestempelt hatte. Ja, und der überbrachte mir Grüße von meinen Brüdern. Wir haben nicht lange miteinander geredet, aber während du dir mit deinem Mann ein Kleid aussuchtest, erzählte er mir, daß meine Brüder Ussenkul und Aryn lebten und gesund seien, wenn auch natürlich inzwischen alt geworden. Sie gehören jetzt zu den Aksakalen dort am Tschatkal. Sie leben wohl nicht schlecht. Ich trug dem Mann auch meine Grüße auf. Und ich sagte ihm, daß ich meinen Sohn verheiratet hätte und nun eine junge Frau im Hause bei uns wohne, womit du gemeint warst.«

»Und was weiter? Warum erzählst du mir das alles, Ene?«

»Ja, warum. Weil ich über mein und euer Leben nachdenke. Mir scheint, es hat sich alles eingerenkt. Als meine Brüder an den Tschatkal gingen, blieb ich allein. Ich habe das Schicksal gemeistert, so schwer es mir auch fiel. Ich habe im Kolchos gearbeitet. Ich habe meinen Sohn großgezogen. Er wurde Traktorist und verdiente nicht schlecht. Und du tratest in unser Haus, meine Sonne. Unser Leben schien endlich gut zu werden, doch da kam der Krieg. Das weitere weißt du. Und nun denke ich: Wieviel Leid kann man doch ertragen! Mein ganzes Leben lang war das Schicksal gegen uns. Die Kinder sind gestorben, der Mann ist gestorben, die Brüder wurden als Kulaken enteignet, ich habe vom Morgendämmern bis in die Nacht im Kolchos gearbeitet, und nun bin ich alt und krank. Schlimmer als alles andere aber ist der Krieg; mein unglücklicher Sohn hat Fahnenflucht begangen, aber ich kann ihn nicht verdammen, er hat diesen Krieg nicht angezettelt, er will nicht umkommen, nun steckst du im Elend, und euer Kind, mein Enkelchen, das dort schläft wie ein Küken, was wird aus dem? Und niemand darf etwas erfahren, immer muß alles verborgen werden ...«

»Ja, du hast recht.« Sejde, die dabei war, im Licht der Lampe eine Schale Körner zum Mahlen zu verlesen, seufzte tief. »Wir sind also beide armselig dran, du und ich. Immerhin aber sitzen wir noch zu Hause im Warmen. Was empfindet wohl er dort in seiner Höhle? Ein Feuer kann er nicht anzünden, vor allem nicht in der Nacht, das würde man sehen. Du weißt, er ist nicht sehr gesprächig, die Männer sind ja so, sie behalten ihre Gedanken für sich. Aber neulich, ich habe es dir noch gar nicht erzählt, da sagte er, er sei über ein Feld gegangen, und das sei eben das gewesen, wo er zum erstenmal mit dem Traktor gepflügt habe. Er habe damals gar nicht mehr vom Traktor runtersteigen wollen und er habe fest geglaubt, daß er sein Lebtag so pflügen werde, damit das Korn gesät werden könne. Und nun sei er über dasselbe Feld geschlichen wie eine Maus, die Angst hat, es könnte sie von oben ein Vogel packen oder von der Seite ein Tier anfallen. Ja, das hat er gesagt.«

»Eben das meine ich«, sprach die alte Beksaat und wischte sich die Tränen mit dem Wäschestück weg. »Warum haben wir ein solches Schicksal zu tragen? Wem tun wir denn was? Ich kann meinen eigenen Sohn nicht verdammen, aber ich kann euch auch nicht helfen, dir und ihm, ich bin krank, ein Stein liegt mir in der Hüfte – wäre ich jung und gesund wie früher, als ich mein Söhnchen mit meiner Milch nährte, würde ich dann zu Hause am Herd sitzen? Auf meinen Armen würde ich ihn über den verschneiten Paß tragen, durch den ewigen Schnee würde ich mit ihm in die Berge am Tschatkal gehen, wo jeder sein Leben selbst gestaltet und nur sich selbst die Schuld geben muß, wenn ihm das nicht gelingt. Dorthin sind unsere Leute geflohen, als die Kulakenverfolgungen einsetzten, und haben so ihren Kopf gerettet. Deshalb überlege ich mir manchmal, ob nicht auch ihr euch zum Tschatkal aufmachen solltet, wenn wir bis zum Sommer durchhalten. Nehmt das Kind und geht, dort findet ihr meine Brüder oder ihre Kinder, mich aber laßt hier, wo soll ich noch hin – ich bleibe zum Sterben.«

»Warte mal, Ene, warte!« rief Sejde. »An den Tschatkal, meinst du?« Der Gedanke stimmte sie froh, denn er war ihr auch selbst schon gekommen. »Nur laß es uns gründlich überlegen«, riet sie, und beide verstummten unwillkürlich. Die Schwiegermutter hielt wieder die Wäsche zum Trocknen übers Feuer, und die junge Frau verlas konzentriert die Weizenkörner. Erst nach einer Weile sprachen sie weiter.

In derselben Nacht noch trug Sejde den Plan Ismail vor, als er nach Hause kam. Die Unterredung wurde zum wahrhaft bedeutsamen Ereignis. Ismail hatte das Gefühl, als öffne sich vor ihm plötzlich eine Tür in einer undurchdringlichen Festungsmauer. Es erschütterte und verwunderte ihn, daß seine Mutter und seine Frau zu Hause eine zuverlässige Lösung gefunden hatten, einen Weg zur Rettung, denn nun bot sich ihm eine Möglichkeit, der selbstgewählten Gefangenschaft zu entfliehen.

»Ja, das ist es! Wie seid ihr bloß darauf gekommen?« sagte er immer wieder erstaunt und begeistert. »Am Tschatkal leben also tatsächlich zwei leibliche Onkel von mir? Das ist ein Fingerzeig Gottes, er selbst hat es so gefügt, da gibt's nichts zu überlegen. Wir müssen jetzt bloß bis zum Sommer noch durchhalten; sobald der Paß offen ist, werden wir keinen Tag mehr verlieren, keine Stunde. Wieso ist mir das nicht selber eingefallen? Ich hab's einfach nicht mehr richtig gewußt. Ich erinnere mich nicht mal, wann das eigentlich war. Na ja, Mutter hat nicht darüber gesprochen, aus Angst hat sie es verheimlicht. Sie waren ja Kulaken. Und das ist gut so. Jetzt leben sie am Tschatkal, da soll sie mal einer aufspüren. Kulaken! Für den einen sind sie Kulaken, für den anderen nicht. Wenn wir erst am Tschatkal sind, werden wir uns durchfragen und von den Leuten erfahren, wo sie sich aufhalten, meine Onkel Ussenkul und Aryn! Ist es nicht so, Mutter? Oh, Gott sei Dank, daß du solche Brüder hast!«

Ismails Freude war grenzenlos. Noch war alles wie zuvor, noch herrschte kalter Winter, erst mußte mit

Matschwetter und Regen der Frühling einsetzen, ehe es Sommer werden konnte, noch lag Schnee in den Vorbergen, noch toste nicht wildes Schmelzwasser vom Großen Gebirge herab, stürzten nicht bedrohliche Lawinen und Erdmassen auf die Wege, noch war nichts vorbereitet für den beschwerlichen Übergang, alles mußte erst in Angriff genommen werden, doch Ismail fand schon keine Ruhe mehr. Er sprang auf, trat ans Fenster, betrachtete ungeduldig den Himmel, an dem in der Richtung zum Tschatkal hin die Mitternachtssterne über den graublauen spitzen Gipfeln funkelten, und malte sich aus, wie wohl das Land am Tschatkal hinter den unzugänglichen Bergen beschaffen sein mochte; dann kehrte er an den Herd zu seinem inzwischen erkalteten Mahl zurück. Sonst war er immer nur auf die Schüssel mit dem Essen erpicht gewesen, er hatte dagesessen wie auf einer Beerdigung, doch jetzt war er förmlich verwandelt, seine Stimme klang wie einst in der Zeit vor dem Krieg, und sein Blick gewann wieder den alten Glanz. Gewiß war das nur in dieser Stunde so, nicht für lange, in ein paar Tagen schon würde er wieder in Schwermut verfallen, in dumpfer, unbändiger Wut auf den Krieg, den Winter, die Berge und die Kälte schimpfen und die ganze Welt verfluchen, er würde klagen, verächtlich vor dem Schicksal ausspucken und ernsthaft bedauern, kein Vogel zu sein, um auf Flügeln den Paß ins Tschatkal-Tal zu überwinden. Seine Frau und seine Mutter verstanden ihn und teilten seine Gefühle, sie wußten, was ihn jede Minute seines Deserteurdaseins kostete, denn jeder, der sich, um seinen Kopf zu retten, in eine solche Lage begibt, betritt im Grunde einen Weg, der so tödlich sein kann wie die Front. Dort töten ihn vielleicht die Feinde, hier unter Umständen die eigenen Leute . . .

Die beiden Frauen, seine Mutter und seine Ehefrau, litten wie er unter seiner Not und seinem Unglück, sie wurden zu Opfern ihrer Treue und ihres Pflichtgefühls. Um ihn zu schützen, ertrugen sie das Schwerste und Erniedrigendste, das weit schlimmer war als Hunger und Kälte und sie am empfindlichsten traf – das Gerede der Leute und die Grausamkeit des Gesetzes. Sie wußten, daß die Nachbarn schon untereinander tuschelten und sich nur aus Mitleid mit ihnen, den ohne Schuld Schuldigen, den schutzlosen Alleinstehenden, zurückhielten, statt ihnen alles ins Gesicht zu sagen, wie sie es zu anderer Gelegenheit getan hätten. Auch daß der einarmige Frontsoldat Myrsakul, ein entfernter Verwandter, doch Vorsitzender des Ailsowjets, sich erlaubt hatte, die Hand gegen Sejde zu erheben und sie wütend und gekränkt mit der Peitsche zu schlagen, auch das nahmen sie beide schweigend hin und begruben es seinetwegen, Ismails wegen, in ihren schmerzenden, gepeinigten Frauenherzen. Dies alles wußten, durchschauten und ertrugen sie, und deshalb fühlten sie sich jetzt, nach dem kleinen Hoffnungsschimmer auf Ismails Rettung, erleichtert und glücklich wie nie zuvor.

Ismail aber schmiedete bereits Pläne für die Reise über den Paß zum Tschatkal, als könnte sie gleich am nächsten Tag vonstatten gehen. Seine Mutter und seine Frau stimmte es froh, denn da leuchtete ein schmales Stückchen Leben auf, die rettende Idee, zum Tschatkal zu fliehen, erfaßte sie alle. Im tiefsten Innern allerdings wußten auch die beiden Frauen, daß sich ein solches Vorhaben nicht so ohne weiteres verwirklichen ließ. Das alles war leicht gesagt, aber welche Gefahren auf den Reisenden in dem verschneiten Paß lauerten, wo nicht selten Menschen unter Lawinen begraben wurden oder in der Höhe und der Kälte nicht mehr atmen konnten, darüber vermieden sie zu reden. Und auch, wie es nach ihrer Ankunft im Tal des Tschatkal weitergehen würde, wußte allein Gott. In dieser Stunde jedoch gingen sie beide, als hätten sie es miteinander abgesprochen, bereitwillig auf Ismail ein und stimmten allen seinen Anregungen zu.

Am meisten bemühte sich dabei seine Mutter. Die alte Beksaat unterdrückte, sich überwindend, ihre Atemnot und gab sich den Anschein, als störten sie die unablässigen Schmerzen in der Hüfte nicht weiter, als leide sie nicht allzusehr; sie versuchte mit letzter Anstrengung, so zu sein wie immer, damit kein Schatten auf das Zusammensein fiel und die jungen Leute nicht durch ihre Klagen abgelenkt wurden, wobei sie im stillen Gott um Kraft bat bis zur Morgendämmerung, erst dann, nachdem ihr Sohn zu seinem Versteck aufgebrochen war, konnte sie sich wieder gehen lassen, weinen und stöhnen und laut Gott anflehen, ihren Leib nicht mit diesen Qualen zu peinigen, die ihr die Welt und den Verstand verdunkelten, sie zu erhören und sich in ihre Lage zu versetzen, da jetzt doch die ungünstigste Zeit für sie war, krank zu sein und womöglich gar nach heilkundigen Frauen oder einem Heiler zu schicken und unnötigerweise die Aufmerksamkeit Fremder auf ihr Haus zu lenken, die ungünstigste Zeit auch, sich ins Bett zu legen, solange das Schicksal ihres Sohnes an einem seidenen Faden hing, Und sie würde IHN, der sie oben in der Höhe erhören sollte, bitten, ihr, falls ihr der Tod beschieden war, doch noch eine kleine Frist zuzubilligen bis zu dem Tage, an dem ihr Sohn wohlbehalten den Paß zum Tschatkal bewältigt hatte. Danach mochte ER, in dessen Macht sie stand, ihre Seele zu sich nehmen, falls ihre unüberschreitbare Grenze erreicht war. Jetzt aber mußte sie um einen Aufschub bitten, und zwar nicht um ihrer selbst, sondern nur um ihres Sohnes willen und seiner jungen Frau, die ihr teurer war als sonst jemand auf der Welt. Hätte sie jemand nach ihrem Urteil über das Leben befragt, nach einer Erklärung, wozu man denn auf der Welt sei und was an diesem Erdendasein Gutes sei, so hätte sie, die alte Beksaat, die unglückliche, leidgeprüfte Mutter eines fahnenflüchtigen Sohnes, erwidert, daß sie froh und glücklich war, vom Schicksal mit einem Menschen wie ihrer Schwiegertochter, ihrer Sejde, beschenkt zu sein. Wenn ihr, der jungen Frau, das Glück versagt blieb, wenn sie ebenso elend dahinleben mußte, wozu diente dann überhaupt das Glück, welcher Frau wurde es dann überhaupt zuteil? Mit welchem Ziel irrte es unter den Menschen umher? Das Leben war schwer genug auf dieser Welt...

Derlei Gedanken überfielen die alte Frau. Einander herbeirufend, kreisten sie in dieser Nacht über ihr wie ein Schwarm sich zum Herbstflug sammelnder Vögel. Sie vermochte sie nicht zu vertreiben, der Schmerz in der Hüfte veranlaßte, ja zwang sie, über Dinge nachzudenken, die einem sonst nicht in den Kopf kommen. Jede Krankheit führt mit dem Menschen ein für andere nicht hörbares ständiges Gespräch. Die alte Beksaat nahm alle Kraft zusammen, um nicht merken zu lassen, was in ihr vorging. Doch als Ismail bei seinen Träumen und Entscheidungen darüber, auf welche Weise sie zum Sommeranfang die Übersiedlung an den Tschatkal bewerkstelligen würden, erklärte: »Wir gehen alle zusammen, die ganze Familie. Ihr müßt euch gut vorbereiten und alles bedenken«, da erwiderte sie: »Ich bin zu alt, Junge, geht ihr nur allein, ich bleibe hier. Ich werde für euch beten.«

Doch Ismail widersprach ihr energisch und aufrichtig.

»Aber Mutter, wie kannst du so was sagen! Wir lassen dich doch nicht zurück! Das kommt gar nicht in Frage. Ohne dich gehen wir nicht. Ich soll meine leibliche Mutter im Stich lassen? Das verstehe ich nicht. Auf meinem Rücken trage ich dich, wenn es sein muß, Mutter.«

»Möge Gott deine Worte hören, mein guter Junge. Ich würde mich ja selbst mit meinen letzten Kräften fortschleppen, wenn ich mich nicht so schwach fühlte. Ich bin alt und krank«, entgegnete Beksaat zaghaft, um ihren Sohn nicht allzusehr zu kränken. »Sonst brauchten wir gar nicht darüber zu reden. Natürlich wäre ich lieber bei euch, aber so sieht alles anders aus.«

»Ach, du meine ängstliche Ene! Ich verstehe dich, Ene, aber es ist noch zu früh, das zu entscheiden.« Sejde lächelte ihrer Schwiegermutter aufmunternd zu. »So Gott will, geht's dir bis dahin wieder besser. Du wirst schon sehen. Dann überlegen wir's uns noch mal und ziehen zusammen los. So können wir doch zu deinen Brüdern am Tschatkal sagen: Da sind wir, empfangt uns – wir bringen euch eure Schwester und wollen uns mit ihr bei euch ansiedeln.«

Alle lachten unwillkürlich über ihre Worte. Ismails Mutter aber begriff, daß ihre Schwiegertochter sie nur von ihrer Krankheit ablenken wollte. Ja, gewiß war es so.

Mit solchen gegenseitig Hoffnung spendenden und deshalb erleichternden Gesprächen verging die Nacht. Vor allem Ismail war in bester Stimmung. Zweimal nahm er den schlafenden Amantur auf die Arme, drückte ihn an sich, küßte ihn und flüsterte ihm zu: »Wir gehen mit dir an den Tschatkal, zu unseren Onkeln. Dort werden wir als Menschen leben wie alle anderen auch.

Ich zähme dir ein Pferdchen, auf dem du durch die Berge reiten kannst. Das wird lustig, wenn deine Großmutter und deine Mutter einen Schreck kriegen, hm?«

Er legte schon im einzelnen dar, wie die Umsiedlung an den Tschatkal zu betreiben war.

»Natürlich müssen wir zunächst den Sommer abwarten, bis der Weg offen ist. Inzwischen können wir nur still im Verborgenen ausharren, damit niemand Verdacht schöpft. Dann aber geht es unverzüglich los. Dazu muß jedoch im voraus alles bedacht werden. Auf dem Paß wird noch Winter sein. Gelegentlich toben dort, wie es heißt, zu der Zeit sogar Schneestürme. Das bedeutet, wir brauchen warme Kleidung. Und vor allem Schuhe. Auf den steinigen Pfaden und in dem tiefen Schnee kommt man ohne festes Schuhwerk nicht weit. Das wäre das Ende. Außerdem müssen wir Nahrungsmittel für eine Woche mitnehmen. Reichlich Talkan, gekochtes und rohes Fleisch, dazu einen Kessel, Salz und Feuerholz. Oben auf dem Paß finden wir keins, da gibt's nur Schnee und Wind. Darüber habe ich schon viele Berichte gehört. Mutter hat recht – das Fleisch muß fett sein, mit Speck. Die Schafhirten ernähren sich nur davon. Sie wissen, wie man über den Paß kommt. Alles Gepäck, die Kleidung und Bettzeug für den Kleinen bringen wir in Tragsäcken unter. Zwei große Quersäcke müßten reichen. Die laden wir auf einen Esel. Und wo nehmen wir Esel her? Ja, richtig. Zwei brauchen wir. Mit dem einen befördern wir das Gepäck, der andere kriegt einen Sattel, auf dem Mutter mit dem Kleinen im Arm sitzen kann, mit Amantur. Wir beide gehen zu Fuß. Warte doch, Sejde, ich sage dir ja gleich, wie wir uns Esel beschaffen. Da kommt uns Gott selber zu Hilfe. Du hast vielleicht vergessen, was ich dir mal erzählt habe, nämlich, daß in der Talschlucht Koi-

Tascha etwa zehn verwilderte Esel umherirren, von den Goldsuchern zurückgelassen. Wer weiß, was die Fremden gefunden haben, ob Gold oder was anderes, jedenfalls sind sie, als sie ihre Arbeit getan hatten, ohne ihre Esel wieder abgereist, wahrscheinlich mit der Eisenbahn. Nun laufen die herrenlosen Tiere seit dem Herbst dort herum, sie weiden Gras, rupfen an den Heuschobern und wühlen das vorjährige Stroh durch. Sicherlich haben auch schon andere sie gesehen, aber wer braucht denn einen Esel, es gibt ja genug im Ail. Ich werde hingehen und mir die beiden besten aussuchen, denen bringe ich Salz und gewöhne sie behutsam an mich. Und wenn es soweit ist, hole ich sie in der Nacht her. Dann laden wir auf und ziehen um Mitternacht in Richtung Tschatkal los, damit wir gegen Morgen schon ein gutes Stück vom Ail weg sind, je weiter, um so besser ...«

Bald krähten die Hähne in der Ferne und danach auch die der Nachbarn. Für Ismail wurde es Zeit aufzubrechen. Er machte sich bereit, beugte sich noch einmal über den Kleinen und sprach ein paar Worte mit seiner Mutter zum Abschied. Die Morgendämmerung kündigte sich bereits an. Doch im Ail schlief noch alles. Kalte Stille lag über der ganzen sichtbaren Erde. Und es schien schneien zu wollen – vom Westen her schwammen wie eine dichte dunkle Decke Wolken heran.

Sejde geleitete ihren Mann hinaus in den Hof und sagte dort zu ihm: »Höre, Ismail, wenn ich dich morgen nacht nicht hier erwarte, dann komm nicht ins Haus, sondern kehre sofort um.«

»Aber warum denn, was ist los?« fragte Ismail erschrocken.

»Ich glaube, Mutter ist sehr krank. Sie hat sich nichts anmerken lassen, damit du dir keine Sorgen machst. Aber sie braucht Behandlung. Ein Heiler muß sie sich ansehen. Was sollen wir anderes tun?«

»Ach, so sieht's aus«, sagte Ismail gedehnt. »Sie ist sehr krank, sagst du. Gut, ich werde mich danach richten. Gib ihr was ein. Vielleicht helfen Kräuter.«

Damit trennten sie sich. Sejde sah ihm noch lange nach. Er nahm den üblichen Pfad hinter den Häusern, ging an Satymkuls und Tante Totois benachbarten Höfen vorbei, bog dann zum großen Aryk ab und verschwand. Sejde stellte sich vor, wie er in der menschenleeren Öde, vom Steppengras verborgen, zu seinem Versteck in den Vorbergen schlich und sich dann schlafen legte, mit dem schweren Pelz zugedeckt. Diesmal allerdings war ihr etwas leichter ums Herz, da sie jetzt ein Ziel hatten, für das es sich zu leben lohnte – ihre Flucht zum Tschatkal.

Als sie jedoch ins Haus zurückkehrte, fiel buchstäblich schon an der Schwelle das lauernde Unheil über sie her – ihre Schwiegermutter lag wie bewußtlos da und stöhnte leise. Ihr Antlitz war totenbleich, ihre Augen waren geschlossen. Sejde stürzte zur ihr, kniete vor ihr nieder, umarmte sie und preßte sie an sich. Es ging der alten Frau denkbar schlecht. Während Sejde sie an sich drückte, fühlte sie, wie leicht ihre Schwiegermutter war, wie zerbrechlich und hager. Da war kaum etwas, woran sich die Seele noch klammern konnte. Ohne das ergraute Haar unter dem Kopftuch hätte man sie für ein Kind halten können. Sie atmete nur schwach. Sejde fürchtete sich, ihr in die Augen zu sehen, aus Angst, dort etwas Unabänderliches zu erblicken.

»Ene, Enekebai, beruhige dich! Gleich wird es dir wieder besser gehen, nur Mut! Ich helfe dir!« rief Sejde bestürzt. »Sag mir, wo es dir weh tut! Hier, ja? Was können wir da machen? Ich lege dir ein warmes Stück Filz auf und eine Packung aus heißen Körnern. Und einen Tee koche ich dir... Hab nur ein bißchen Geduld.«

Während sich Sejde hastig zu schaffen machte und das Feuer anblies, auf der Pfanne Maiskörner erhitzte und sie danach in einem Tuch der kranken Schwiegermutter als Kompresse auflegte, dachte sie fieberhaft nach, wie sie sich verhalten sollte. Sie hätte die Kranke unbedingt sofort einigen kundigen Leuten zeigen, ihren Rat einholen und vor allem den im Kreis bekannten Heilkundigen kommen lassen sollen. Doch die Anwesenheit fremder Leute im Haus barg Gefahren und konnte unvorhergesehene Folgen für Sejdes versteckten Mann haben.

Ismails Sicherheit blieb auf jeden Fall die Hauptsache.

Ratlos schwankte die unglückliche Sejde in ihren Gefühlen zwischen der Sorge um ihren Mann und der um ihre Schwiegermutter hin und her. Ihre Gedanken nahmen bald diese Richtung, bald jene. Doch nachdem sie die alte Frau gebettet hatte und diese auf dem warmen Lager ein bißchen weniger stöhnte und ächzte, stand ihr Entschluß fest.

Es war bereits Morgen. Sejde stillte rasch den Kleinen und trug ihn hinüber zu ihrer Nachbarin Totoi, damit sie ihn zusammen mit ihren eigenen Kindern für eine Stunde oder zwei beaufsichtigte, sie selbst machte sich auf den Weg zu der alten Hebamme, die ihr ein Jahr zuvor bei der Geburt des Jungen beigestanden hatte, um deren Rat einzuholen. Die Hebamme versprach, mit einer ihr bekannten heilkundigen Frau vorbeizukommen, aber die beiden erschienen erst gegen Mittag, als Sejdes Geduld schon zu Ende ging. Außerdem äußerten die Besucherinnen lediglich ihre Anteilnahme. Sie saßen eine Weile da, stellten Fragen, tranken Tee, beschwichtigten die alte Beksaat mit guten Wünschen und rieten, Emtschi-Mussa zu holen, einen erfahrenen Heiler, der in dem kleinen Ail Artscha hinter dem Fluß wohnte. Wieder mußte Sejde ihre Nachbarin Totoi bitten, diesmal schon darum, herüberzukommen und sich an das Bett der Schwiegermutter zu setzen. Gottlob war Totoi dazu bereit, sie blieb bei der Kranken und dem Kleinen. Ihre eigenen Kinder brachte sie mit.

Sejde lief indessen teils auf der Straße, teils auf Nebenwegen in den Ail Artscha hinter dem Fluß zum Heiler Emtschi-Mussa. Zum Glück traf sie ihn auch an, und er versprach, gegen Abend zu kommen. Sejde eilte wieder nach Hause, durchschritt zum zweitenmal den im Winter seichten Fluß an der Furt, bis über die Knie im Wasser, dessen beißende Eiseskälte ihr in die Knochen drang. Nachdem sie rasch Strümpfe und Schuhe wieder angezogen hatte, rannte sie den Berg hinauf, um sich zu erwärmen, so daß ihr bald geradezu heiß wurde.

Auf dem ganzen Weg dachte sie daran, ob ER, nach dessen Willen alles auf der Welt geschah, sich wohl gnädig zeigen und ihre Schwiegermutter nicht sterben lassen würde, der es von Stunde zu Stunde schlechter ging. Aber nicht nur dieser Gedanke bereitete ihr Pein. Sie fragte sich auch, wie es jetzt weitergehen sollte, wo ihre Schwiegermutter krank lag, und zwar allen Anzeichen nach für lange Zeit, was mit dem Kind werden sollte, wenn sie es allein lassen mußte, und was aus ihrem Mann – er konnte ja nun womöglich nicht mehr nach Hause kommen, und sie konnte nicht zu ihm in sein Versteck in den Vorbergen. Ihr schwindelte der Kopf. Sie schickte die inbrünstigsten Gebete zu Gott, er möge ihre Schwiegermutter wenigstens soweit gesund werden lassen, daß sie sich wie früher bewegen und ein bißchen was im Haus tun, vor allem aber sich auf dem Rücken des Esels halten könne, wenn die ganze Familie eines schönen Tages die Reise in das ersehnte Tschatkal-Tal hinter den Bergen antrat, um dort frei und ohne Furcht zu leben. Sie sagte sich, daß ja schon viele Leute krank gewesen und wieder genesen seien. Sollte es nicht doch auch ihrer Schwiegermutter beschieden sein, wieder auf die Beine zu kommen? Wenn sie aber bettlägerig blieb, was würde dann aus der Übersiedlung zum Tschatkal werden? Sie konnte sie doch nicht allein der Willkür des Schicksals überlassen! Und wenn sie bei ihr bleiben mußten, wir würde es dann Ismail ergehen, der von Tag zu Tag mehr Gefahr lief, entdeckt zu werden – bald begannen ja die Frühjahrsarbeiten auf den Feldern, das Vieh wurde hinaus auf die Weide getrieben, so daß er nirgendwo mehr hin konnte, ohne daß ihn mal jemand sah, und dann war alles aus.

Schwere Gedanken bewegten Sejde, während sie rasch auf dem holprigen gefrorenen Boden dahinschritt, schwere und traurige Gedanken, die alle darauf abzielten, einen Ausweg aus der verzweifelten Lage zu entdecken.

Ihre ganze Hoffnung war jetzt Emtschi-Mussa. Der mit Kräutern und Milch kurierende alte Heiler war berühmt im Kreis. Nun betete Sejde zu Gott, ihn ein geheimes Mittel finden zu lassen, mit dem die alte Beksaat ihr Gebrechen in wenigen Tagen los wurde, so daß sie wieder imstande war, im Haus nach dem Rechten zu sehen, und sie des Nachts wieder Ismail empfangen konnten, um über die Reisevorbereitungen zu reden und die Tage zu zählen, bis es ihnen beschieden sein würde, sich alle zusammen mit den beladenen beiden Eseln zum Tschatkal aufzumachen.

Der alte Emtschi-Mussa kam gegen Abend, wie er versprochen hatte. Sejde war ihm entgegengegangen, sie erwartete ihn auf einer Anhöhe, damit er nicht erst lange nach ihrem Hof suchen mußte.

Schon von weitem erblickte sie seine auf einem kleinen grauen Esel sitzende Gestalt mit der großen Fuchspelzmütze, und sie flehte abermals zu Gott, alles für die Kranke zum besten zu wenden, die auf die Nachricht hin, daß Emtschi-Mussa in Person kommen werde, ein bißchen aufgelebt war, obwohl die Schmerzen in der Hüfte sie den ganzen Tag nicht verließen.

Emtschi-Mussa war ein kräftiger Greis mit dunklem Gesicht, gebogener großer Nase, weißem Bart und sehr aufmerksamem, scharfem Blick. In diesem Blick und in seiner Stimme lag seine Stärke.

»Warum stehst du denn hier in der Kälte, Töchterchen, ich hätte doch den Weg auch allein gefunden, ich kann ja jemanden fragen, wo das Haus der alten Beksaat steht«, sagte er in seinem tiefen Baß, als er bei Sejde angelangt war.

»Es macht mir nichts aus, keine Sorge, mir war nicht kalt«, erwiderte Sejde. »Wen soll unsereiner denn erwarten, wenn nicht einen Mann wie Sie, Emtschi-ata?« fügte sie leise hinzu, dem Alten zulächelnd.

»Na schön«, fuhr dieser fort, »dann führ mich mal. Wo ist Beksaat, die Arme, wie geht's ihr? Das ist schon ein rechtes Unglück. Der Sohn an der Front und sie krank, ringsum Kälte und Hunger...«

Der alte Mann schaukelte im Sattel seines Esels, während sie sich dem Haus näherten; Sejde ging nebenher.

»Hast du von deinem Mann Nachricht?« erkundigte sich Emtschi-Mussa.

»Nein, schon lange nicht«, antwortete Sejde, und ihr wurde höchst unbehaglich zumute.

Der Alte schwieg und fügte dann hinzu: »Na ja, Krieg ist Krieg. Seinem Schicksal entgeht sowieso keiner.«

Was meint er damit? dachte Sejde, und sie kroch

förmlich in sich zusammen in der bangen Erwartung einer weiteren Frage wie etwa: Stimmt es, daß dein Ismail desertiert ist?

Aber der Heiler sagte nichts. Sie waren indessen auf dem Hof angelangt. Sejde half Emtschi-Mussa aus dem Sattel und führte ihn ins Haus.

In der Tür blieb er noch einmal stehen. »Töchterchen, ich weiß, es ist schwer für dich«, sprach er leise und sah ihr eindringlich, ja streng ins Gesicht. »Wir wollen hoffen, daß alles gut ausgeht. Aber wenn ich sie untersuche und sage, womit sie behandelt werden soll – ich habe die Kräuter hier in meiner Tasche bei mir –, dann dringe nicht in mich und gib dich mit dem zufrieden, was ich von mir aus sage. Hast du mich verstanden?«

»Ja, Emtschi-ata, ich habe Sie verstanden.«

Bei seinem Eintritt lächelte Emtschi-Mussa der in der Ecke liegenden Kranken unter seinem grauen Schnurrbart hervor zu. »Da hast du dir ja was ausgedacht, Beksaat, zu so unpassender Zeit krank zu werden. Hättest du nicht noch ein bißchen warten können?«

Sejdes Schwiegermutter hatte nicht die Kraft, dem Heiler im gleichen Ton zu antworten. »Mir geht's schlecht, Emtschi-Mussa«, stöhnte sie mit größter Anstrengung. »Vielleicht weißt du eine Arznei dagegen.«

»Na, wir werden gleich mal sehen.«

Sejde stand schweigend in der Ecke, um nicht zu stören. Während Emtschi-Mussa am Bett der Kranken seine Arbeit tat, überlegte sie sich, daß sie wohl eine der alten Frauen im Ail oder aus der Nachbarschaft holen müsse, um in einer solchen Nacht nicht allein zu sein, und sie machte sich große Sorgen um Ismail, der nun nicht mal mehr in die Nähe kommen durfte. Das tat ihr bitter weh, sowohl ihres Mannes als auch ihrer Schwiegermutter wegen, die ihren einzigen Sohn nicht bei sich haben konnte, obwohl er sich nicht irgendwo in der Fremde aufhielt, sondern gerade eben eine halbe Wegstunde vom Ail entfernt.

Indessen prüfte Emtschi-Mussa mit konzentrierter Miene und zusammengezogenen Brauen den Puls der Kranken, als lausche er auf nur ihm wahrnehmbare Töne – in seinen derben, langen Fingern sah das Handgelenk der abgemagerten alten Beksaat aus wie das eines Kinderärmchens. Danach glitt seine Hand bald leicht tastend, bald die Finger eindrückend über ihren Leib und ihre Hüften, während er neben ihr schweigend über etwas nur ihm Bekanntes nachsann, und je länger er das tat, um so mehr verdüsterten sich seine Augen. Das entging Sejde nicht.

Sie stand in der Ecke neben dem Ofen und las gleichsam von weitem die Gedanken des Heilers von seinem Gesichtsausdruck und seinen Augen ab. Kälte beschlich ihr Herz. Immer besorgniserregender wurde das sich hinziehende Schweigen des alten Emtschi-Mussa. Sejde ahnte, was die Kranke selbst in diesem Augenblick empfand, die zu erraten versuchte, was auf sie zukam. Und auch an den dachte sie, ohne sich von der Stelle zu rühren, dessen Lage sie ständig bedrückte und ihr Leben verdüsterte – an Ismail. Wie mochte es ihm in diesem Augenblick ergehen, was beschäftigte ihn? Sicherlich machte er sich um seine Mutter Sorgen, aber was hätte sie tun sollen? Es ihm zu verschweigen hatte sie kein Recht. Sie litt mit allen, um alle hatte sie Angst, sie war bereit, jegliches Unheil und alle Qualen auf sich zu nehmen, doch vor dem Tod, der sich bereits in den deutlicher hervortretenden Gesichtszügen ihrer Schwiegermutter ankündigte, war sie machtlos. Tränen stiegen ihr in die Augen, ihr Blick trübte sich, und es kostete sie große Anstrengung, sich in der Gewalt zu behalten.

Der alte Emtschi-Mussa brach nicht sofort auf, er bestieg nicht gleich seinen kleinen Esel. Es war schon dunkel, als er sich im Hof von Sejde verabschiedete.

»Bleib von jetzt an nicht allein im Haus«, sagte er zu ihr. »Mich erwartet nicht mehr.«

Sie verstand aus den Andeutungen, was er meinte. Als der alte Heilkundige des Kreises auf seinem Esel in der Dunkelheit verschwunden war, ohne sich noch einmal umgedreht zu haben, spürte sie die große Einsamkeit vor dem Angesicht einer stummen, unerbittlichen Macht, die in ihr Leben drang wie ein scharfer Wind ins Fenster. Unsichtbar und kalt trat es ins Haus. Sie folgte ihm, um zur Stelle zu sein und den neuen Kümmernissen nicht auszuweichen. Ihr stand jetzt bevor, die Rolle der handelnden, bestimmenden Person zu übernehmen. Und sie war entschlossen, zu Häupten ihrer Schwiegermutter zu sitzen bis zu deren letztem Atemzug, für sich selbst, für den Sohn und für die vor der Kulakenverfolgung zum Tschatkal geflohenen Brüder Ussenkul und Aryn. Für alle und alles nahm sie die letzte Pflicht der Lebenden vor der sterbenden Schwiegermutter auf sich. Während sie ins Haus trat, machte sie für sich eine Entdeckung: Der Tod konnte von den Menschen nur Fügsamkeit empfangen, nichts anderes.

Von diesem Augenblick an wich Sejde keinen Schritt mehr von der Seite ihrer sterbenden Schwiegermutter. Die abgearbeitete alte Frau erlosch langsam und verlor mehr und mehr die Gabe der Rede; alle Energie zusammennehmend und schwer atmend, sah sie ihre Schwiegertochter klagend an, sie wollte ihr noch etwas sagen – das Verborgenste und Wichtigste vielleicht, etwas, was sich ganz zuletzt, ganz am Ende des Lebens offenbart, nie früher –, aber sie fand nicht die Kraft dazu, überdies waren auch schon viele Menschen im Haus, die von den Nachbarn erfahren hatten, daß die alte Beksaat im Sterben lag. Die Leute kamen still und gingen betrübt wieder hinweg; mitfühlend, ihre Anteilnahme in tiefen Seufzern bekundend; manche erledigten auch ohne viel Aufhebens im Hause etwas, was in solchen Fällen vorsorglich getan werden mußte – sie holten Holz, brachten eine Schüssel Mehl oder eine Scheibe Speck, borgten bei den Nachbarn Geschirr aus und warfen Stroh in den Hof.

Es ging bereits auf Mitternacht. Sejde erleichterte von Zeit zu Zeit mit einem auf einem kleinen Löffel dargereichten Schluck Wasser die letzten Stunden und Minuten ihrer Schwiegermutter. Die sterbende Beksaat wußte, daß die ihr zugemessene Lebensfrist ablief, deshalb wollte sie unter Aufbietung all ihrer verbliebenen Kräfte sprechen, aber das gelang ihr schon nicht mehr, und so versuchte sie mit den Augen zu reden. Diese Blicke, die als qualvolles Sichaufbäumen des schwindenden Geistes für Sekunden durch den Schleier des Vergessens und den Todesnebel drangen, sprachen zu Sejde von vielem, was nur sie beide wissen konnten. Und niemand hörte ihre gemeinsame Klage zum Abschied, ihr trauriges Lied darüber, daß ihr Vorhaben zusammenbrach wie ein nicht in Erfüllung gegangener Traum, daß sie nun nicht mit der ganzen Familie zum Tschatkal übersiedeln würden, so sehr sie es sich auch gewünscht und ausgemalt hatten, daß der Sohn und seine Frau nicht mehr die Mutter ihren als Kulaken gebrandmarkten, jetzt abgeschieden am Tschatkal lebenden Brüdern zuführen konnten, die sie nun niemals wiedersehen würde. Am meisten betrübte es Sejde, daß sie ihre alte Schwiegermutter nicht auf den Esel setzen und ihr den eingewickelten kleinen Enkel in die Arme geben würde, um sich in dunkler Nacht auf den Weg zu machen. Nein, daraus wurde jetzt nichts mehr. Die Aussicht war dahin, mit der Mutter gemeinsam die Schikama-Nacht vor dem Erstürmen des Passes über die Tschatkal-Höhen zu erleben, sich während einer Ruhepause in Fels und Schnee an einem kleinen Feuer zu wärmen und die Berggeister über den Flammen zu beschwören, ihnen gnädig zu sein und sie auf dem Gebirgspfad vor dem Untergang zu bewahren, da sie ja niemandem Böses taten und nur deshalb über den Paß wollten, weil Ismail fahnenflüchtig war und deshalb dem Gesetz und der Strafe entrinnen mußte. Seine Begleiterinnen aber, seine Mutter und sein Eheweib, erfüllten nur ihre Frauenpflicht, für all die Ihren zu leiden und Unbilden zu erdulden.

Damit endete das letzte Lied – denn wenn der Tod die Zukunft bestimmt, legt man keine Strecke mehr zurück, trinkt man kein Wasser mehr am Wege, sieht man leibliche Brüder am Tschatkal nicht wieder, kann ihnen nicht mehr mitteilen, weshalb und wie man selber nachgekommen ist . . .

So verstrich diese gramvolle Nacht zu Häupten der Schwiegermutter.

In die vielen Gedanken, die Sejde bewegten, stahl sich hin und wieder auch die Sorge um ihren Mann. Was machte er, ihr Ismail? Wie mochte ihm zumute sein, da seine Mutter starb und er nicht zu ihr gehen konnte, sich nicht sehen lassen durfte? Warum war das alles so? Nur weil er auf seine Art leben wollte und das Gesetz, eine Abmachung der Menschen, es anders befahl. Aber die Macht war auf seiten des Gesetzes der Mehrheit, und er floh vor dem Gesetz. Deshalb wollten sie ja zum Tschatkal, wo ihn niemand kannte und bevormundete.

Er ging in dieser Nacht wie immer denselben gut einstudierten Weg, anfangs unterhalb der Steilhänge des Vorgebirges, dann durch das Steppengras im trockenen Tal und am Feldrand entlang bis zu dem Abhang, von dem aus im Mondlicht schon der Ail mit seinen Dächern, Schornsteinen und erleuchteten Fenstern zu sehen war. Von dort bewegte er sich mit hellwachen Sinnen hinter den Gärten auf seinen Hof zu, ständig lauschend und sich umsehend.

Auch diesmal hielt er auf dem letzten Wegstück sorgsam Augen und Ohren offen, dennoch wurde er immer aufgeregter und unsicherer, je mehr er sich seinem Anwesen näherte. Etwas war anders als sonst und weckte seinen Argwohn, doch was, das mußte er erst herausfinden. Eine seltsame Bewegung im Haus und leise, nicht zu verstehende Stimmen mahnten ihn zur Vorsicht, und er ging nicht weiter, sondern blieb unter der Pappel vor Tante Totois Garten stehen. Sein Atem ging plötzlich schneller, obwohl ihn das Laufen nicht angestrengt hatte, und es dauerte lange, bis er sich ein wenig beruhigte. Doch sein Herz klopfte weiter, es spürte ein Unheil voraus. Offenbar hatte Sejde recht gehabt – es ging seiner Mutter nicht gut.

Dieser Gedanke brachte ihn vollends aus der Fassung. Er stöhnte verhalten, an den Stamm der Pappel gepreßt. Als er weiter lauschte, gewann er bald Gewißheit – auf dem Hof herrschte ein Kommen und Gehen, jemand sprach, Leute waren im Haus. Das bedeutete Schlimmes. Mit dem Herzen war Ismail bereit, auf der Stelle hinüberzulaufen, die Versammelten auseinanderzustoßen, sie durch sein wildes Aussehen und unerwartetes Erscheinen zu erschrecken, vor seiner vielleicht im Sterben liegenden Mutter niederzufallen und ihre erkaltenden Hände zu küssen, ihr in Tränen aufgelöst seine Reue darüber zu zeigen, daß sie seinetwegen leiden mußte wie nie eine Mutter zuvor, sich so dem Wehklagen hinzugeben, daß alles auf der Welt im Dunkel verschwand und in alle Winde verstreut wurde – der Krieg, der mit blutigem Wahnwitz Länder und Staaten erfaßte, und er selbst, der es gewagt hatte, sich diesem Frontschicksal zu entziehen, und dafür jetzt in Angst, Elend und Erniedrigung dahinvegetieren mußte. Ja, ja, ja – weinen und heulen wollte er, bis sich ihm die Sinne verdüsterten, bis Sejde ihn von dem tränenfeuchten schmutzigen Fußboden aufhob, ihm das verweinte Gesicht abwischte und ihn zur Seite zog, wo er in Schlaf sinken, sich auflösen und für immer verschwinden konnte, so daß es niemand mehr wagte, ihn beim Arm zu nehmen und zu fragen: Warum bist du nicht an der Front?

Doch die Vernunft ließ diese Anwandlungen von Kleinmut bald wieder abflauen. Ismail rührte sich nicht von der Stelle; bei aller Reue und Selbstanklage ging er doch nicht so weit, sich den Leuten auf eine so törichte Weise auszuliefern, auch wenn seine Mutter im Sterben lag. Er tröstete sich damit, daß seine Mutter ihm vergeben werde und daß sie in ihren Gebeten gewiß selbst bat, er möge sich nicht in Gefahr begeben, sondern weggehen und sich keinesfalls sehen lassen. Ich muß sofort von hier weg, ehe es zu spät ist! sagte er sich, aber auch dazu reichte seine Entschlossenheit nicht. Im Gegenteil, eine unüberwindliche Anziehungskraft packte und zwang ihn, sich Schritt für Schritt dem Haus zu nähern. Hinter der Scheune hielt er schließlich an, und hier hörte er die Schritte und Stimmen der Leute schon ganz deutlich.

Jemand hustete, jemand goß Wasser aus einem Eimer. Pferdehufe klapperten, und ein Mann fragte: »Wie sieht's aus, Myrsakul? Schlecht, wie?«

»Ja, wenig Hoffnung«, erwiderte der Angeredete. Dann klirrte ein Steigbügel, der an etwas Metallenes schlug, und das Hufgeräusch entfernte sich vom Hof.

Ismail erkannte in Myrsakul einen entfernten Verwandten, den er lange nicht gesehen hatte, jedenfalls zum letztenmal mit zwei gesunden Armen, und jetzt, hieß es, hatte er einen Arm an der Front verloren, weshalb man ihn Tscholok Myrsakul nannte, den einarmigen Myrsakul. Er war Vorsitzender des Ailsowjets. Na und? Er hatte nur noch einen Arm, man mußte sich mal vorstellen, wie es sich da lebte. Er, Ismail, wollte keinen Arm verlieren und schon gar nicht seinen Kopf. Dafür bezahlte er, dafür büßte er und mußte dauernd auf der Hut sein.

Besser, er hätte sich nicht auf den Hof geschlichen und nicht erlauscht, was dort vorging. Nun war er völlig verstört. Und es blieb ihm nichts anderes übrig, als still umzukehren. Es war schon weit nach Mitternacht, als er ein letztesmal auf den Ail unten im Tal zurückschaute – alles lag im Dunkeln, nur an einer Stelle leuchteten noch immer zwei Fenster nebeneinander. Das war sein Haus, und in diesem Haus starb seine Mutter.

Früh am nächsten Morgen eilte er abermals auf versteckten Pfaden zum Ail. Seine Erregung vom Vorabend hatte sich noch nicht gelegt, es zog ihn sofort wieder in den Ort zu seinem Haus, obwohl er sich die Frage, was er dabei gewinnen und auf welche Weise er damit etwas erreichen wollte, selbst nicht hätte beantworten können. Trotzdem ging er.

Ein kalter Tag kündigte sich an. Steter Wind wehte von den Bergen herab. Ismail mußte den Kragen seines Pelzes hochklappen und die Mütze tiefer ziehen. So lief er in seinen gewaltigen Stiefeln einsam dahin, die Hände in den Taschen, und sein Blick verriet Schmerz und Besorgnis.

An dem Abhang, von dem aus gewöhnlich der Ail zu sehen war, hielt er inne und legte sich, hastig atmend, hinter einen Strauch, um, soweit die Sicht es erlaubte, Ausschau zu halten, was im Ail vorging. Aber er konnte nichts richtig erkennen. Rauch stieg über den Dächern auf, die Stimmen der Kinder bei der Schule klangen gedämpft herauf, Pferde wieherten, Hunde bellten. Doch ihn verlangte es in erster Linie danach, zu erfahren, was bei ihm zu Hause, auf seinem Hof geschah, und eben das konnte er nicht ausmachen. Immerhin glaubte er eine gewisse Betriebsamkeit und mehrere hin und her laufende Menschen wahrzunehmen. Er hätte näher herangehen müssen, um sich ein klareres Bild zu machen, aber zu einem solchen Risiko konnte er sich nicht entschließen. So harrte er, im Gebüsch versteckt, bis Mittag aus, zitternd vor Kälte, finster lauschend und vergebens nach unten starrend. Schließlich begab er sich in seinen Schlupfwinkel zurück, doch gegen Abend bezog er, sich böse umschauend, erneut denselben Beobachtungsposten. Diesmal fühlte er instinktiv, daß seine Mutter gestorben war – die aufgeregten Stimmen im Hof und jammernde Klagerufe zeugten davon, daß der Tod sein Werk getan hatte, und zwar in der Zeit, als er, Ismail, in seiner Höhle gewesen war, wo er einen kleinen Nahrungsmittelvorrat und sein Gewehr aufbewahrte.

Es bestand kein Zweifel. Der Lebensweg seiner Mutter war zu Ende. Die Erkenntnis wälzte sich wie ein schwerer Stein auf seine Seele. Er lag hinter dem Strauch wie ein niedergestrecktes wildes Tier.

Bei Eintritt der Dunkelheit, schon am späten Abend, erreichte Ismail die im Winter hügeligen Gärten des Ails, und von dort schlich er zu der Pappel, unter der er in der Nacht zuvor gestanden hatte. Hier blieb er regungslos stehen. Die letzte Ungewißheit schwand – seine Mutter war tot. Im Hof brannte ein Feuer, wahrscheinlich sollte in dem großen Kessel Wasser heiß gemacht werden. Mehrere Stimmen drangen an Ismails Ohr, darunter auch wieder die des einarmigen Myrsakul. Er gab Ratschläge, traf Anordnungen und bekam Antwort. Berittene trafen ein und entfernten sich wieder. Das alles bedeutete, daß die Beerdigung tags darauf stattfinden sollte. Am Morgen würde man alles vorbereiten, die Tote beweinen und die Gebete verrichten und gegen Mittag die Aufgebahrte zum Friedhof am Berghang oberhalb des Ails tragen. Erst jetzt fiel es Ismail ein, daß ja vorher eine Grube ausgehoben werden mußte. Wer hatte das gemacht? War sie schon gegraben, oder hatte man sich das bis morgen aufgehoben? Er beschloß, auf seinem Rückweg in den Friedhof hineinzugehen und nachzusehen, ob die Grube fertig war. So stand er verloren unter der Pappel, im Innersten getroffen und bedrückt.

Dann schlich er sich leise am Ortsrand entlang in Richtung des großen Friedhofs am Berg. Er lief auf gut Glück im Dunkeln drauflos und trat mal in tiefe Löcher, mal stolperte er über irgend etwas, doch das lag vor allem daran, daß sein Blick durch die aus seiner Brust aufsteigenden Tränen getrübt war.

Auf dem alten Friedhof am Berg war er so lange nicht gewesen, daß er sich nicht erinnerte, wann er ihn zum letztenmal betreten hatte. Es fiel ihm ein, daß er vor dem Krieg nach dem Traktoristenlehrgang anfangs auf einen pferdebespannten Grasmäher gesetzt worden war und einmal die Wiese am Friedhof zu mähen hatte. Damals war er in der Mittagshitze, nachdem er die Pferde ausgespannt hatte, zusammen mit den anderen Burschen auf Wachtelfang gegangen. Diese Vögel suchten ihr Futter auf dem Friedhof, wo noch dichtes Gras stand, da natürlich niemand wagte, zwischen den Gräbern zu mähen. Daran dachte Ismail jetzt, an jene sorglosen Sommertage, an die duftenden Gräser, die zirpenden Heuschrecken, die selbstvergessen am Himmel oder auch auf der Erde singenden Vögel, an die Sonne, die so strahlte, daß man sie gar nicht sah, und an die wie ein honigsüßer Trank berauschende Luft. Wäre ihm damals in den Sinn gekommen, daß er dereinst wie ein gehetztes Tier in einer finsteren Winternacht über den Friedhofshang schleichen würde, brennende Kränkung im Herzen, Angst und Haß auf alles, das ihn in diese Lage gebracht hatte? Er konnte kaum glauben, daß dies noch derselbe Ort war. Im matten Mondlicht hoben sich die Grabhügel schwarz vom Schnee ab. Kalte, öde Einsamkeit herrschte ringsum. Die Grube für Ismails Mutter war bereits fertig, sorgsam ausgehoben. Man sah es sofort an der frischen Lehmaufschüttung neben dem gähnenden Loch.

Gute Menschen hatten das also übernommen. Die Beerdigung würde demnach morgen mittag stattfinden.

Ismail trat an das künftige Grab seiner Mutter und stand dort lange gesenkten Hauptes, den Blick starr in die dunkle Tiefe gerichtet. Wäre er imstande gewesen, sich selbst den Tod zu geben, hätte er sich am liebsten in die Grube hineingelegt, um dort zu sterben und tags darauf zusammen mit seiner Mutter begraben zu werden. Aber sich selbst zu töten war ebenso schwer wie mit einer Schuld vor die Menschen hinzutreten.

Am nächsten Morgen machte er sich abermals auf den Weg zum Ail. Ihm war kalt gewesen in seiner Höhle, er lief langsam, zog fröstelnd die Schultern zusammen und hustete hinter der vorgehaltenen Hand. Diesmal schlug er gleich die Richtung zum Friedhof ein, denn er hatte vor, wenn er der Grablegung seiner Mutter schon nicht unmittelbar beiwohnen konnte, doch wenigstens von ferne zu beobachten, wie andere sie beerdigten. Unterwegs entdeckte er eine geeignete lange Bodensenke, die es ihm ermöglichte, den Trauerzug unbemerkt zu begleiten und zugleich dicht genug an den Friedhof heranzugelangen.

Er verbarg sich zwischen ein paar großen Findlingssteinen in der Nähe und wartete.

Die Zeit verstrich langsam. Jetzt, nachdem er sich etwas beruhigt und sich mit dem Vorgefallenen abgefunden hatte, erinnerte sich Ismail seines letzten Zusammenseins mit seiner Mutter, seiner Frau und seinem Sohn. Zwei Tage und zwei Nächte waren seitdem vergangen, doch es schien eine Ewigkeit her zu sein. Am meisten bekümmerte ihn jetzt, daß die geplante Flucht an den Tschatkal gleich mit einem Rückschlag begann, so daß alles, worauf er gebaut hatte, neu überdacht werden mußte. Wenn er mit seiner Frau und seinem Sohn am Tschatkal ankam, was sollte er dann seinen Onkeln, den Brüdern seiner Mutter, zum Tod und zur Beerdigung ihrer Schwester sagen? Würden sie ihn verstehen?

Er sah die Begräbnisprozession schon von weitem. Eine Menge Leute, viele zu Pferd oder auf einem Esel, kamen aus einer Seitenstraße, wie er es erwartet hatte. Der Zug bewegte sich langsam und feierlich den Hang hinauf, voraus auf einer von zwei Pferden getragenen Bahre der Leichnam der Verblichenen, in eine dicke Filzdecke gewickelt. Das war alles. Kein naher Verwandter begleitete die alte Beksaat auf ihrem letzten Weg.

Worüber die ihr folgenden Ailbewohner sprachen, war Ismail nicht vergönnt zu erfahren. Die Prozession näherte sich immer mehr der Stelle, von der aus er beobachtete. Frauen waren keine in dem Trauerzug, das wäre ungebührlich gewesen, denn in diesen Gegenden gingen die Frauen nicht mit auf den Friedhof, sie blieben zu Hause, um die vom Grab zurückkehrenden Männer mit Trauerklagen zu empfangen.

Der Sitte gemäß hätte Ismail die berittenen Verwandten nach der Beerdigung vom Friedhof führen und im Hause der Dahingegangenen als erster die Totenklage anstimmen, laut jammern und sich heulend an den Sattelbogen seines Pferdes lehnen müssen, während Sejde zur Antwort langgezogen ein Gedenklied für Verstorbene sang ... Aber das war ihnen nicht beschieden in ihrer Lage zwischen den Mühlsteinen des Gesetzes und des Loses eines Fahnenflüchtigen.

Jetzt scharte sich die Menge auf dem Friedhof um die am Vorabend geschaufelte Grube. Ismail verfolgte von einem nahen Hügel aus, auf dem er sich versteckte, wie die Bestattung vor sich ging. Allem Anschein nach traf Myrsakul die nötigen Anordnungen. Er kam von den angebundenen Pferden zum Grab, und alle machten ihm Platz.

Die Verstorbene wurde in der Filzdecke von der Bahre gehoben und an den Rand der Grube gelegt. Lange lauschten die einen großen Kreis bildenden Umstehenden auf die Gebete des Mullahs, wobei sie mitunter einzelne Sätze gemeinsam wiederholten, was sich anhörte wie das Summen in einem Bienenkorb. Danach geriet die Menge wieder in Bewegung, der Leichnam wurde in die Grube hinabgelassen und das Grab rasch zugeschaufelt.

Alles das beobachtete Ismail von weitem schweigend und biß sich die Lippen blutig.

Als die Leute den Friedhof verlassen hatten und sich dort niemand mehr aufhielt, doch noch ehe die Stimmen der sich Entfernenden verhallt waren, ging Ismail hinab zum Grab seiner Mutter. Mit verstörter Miene trat er mühsam näher, das Gesicht in die zitternden Hände geschmiegt. Dann sank er auf den frischen Hügel nieder und umschlang mit den Armen die feuchte Erde, schluchzend, röchelnd in verzweifelter Klage. Schwerlich hätte jemand verstehen können, was er stammelte, wen oder was er verfluchte, während er vor bitterem Gram und Zorn nach Luft rang, ähnlich einem um den Verstand gebrachten einsamen Wolf. Dann plötzlich brüllte er wie ein Betrunkener mit überlauter Stimme: »Mutter, Mutter, leb wohl! Leb wohl! Verfluche mich! Verfluche mich in jener Welt! Verfluche den Krieg! Verfluche ihn! Verfluche ihn! Verfluche den Krieg!

Er verstummte für eine Minute, als überdenke er etwas, und schrie dann drohend und voller Zorn: »Ich hasse euch! Ich räche mich, an euch allen räche ich mich! Niemanden verschone ich!«

Es dauert gar nicht mehr lange, der Frühling ist ja schon da! Ich habe viel erduldet, nun werde ich es auch noch ganz durchstehen! dachte Sejde, während sie die Körner von einer Hand in die andere rieseln ließ. Wenn ich nur Ismail durchbringe! Gut, daß man im Ail erzählt, er verstecke sich nicht hier, sondern auf der kasachischen Seite, bei seinen Leuten. Mögen sie bei dem Glauben bleiben! Wir verkaufen das Kalb und verschwinden zur Nachtzeit aus dem Ail, gehen weg, ja, weg von hier.

Die laue Frühlingsluft machte trunken. Und es war schön, zu träumen und zu vergessen, was einem das Herz schwer machte.

Am Abend, als Sejde Talkan mahlte, kam Assantai herüber. Der Junge war in der letzten Zeit merklich abgemagert. Er hatte Schatten unter den Augen, und aus den aufgekrempelten Ärmeln der väterlichen Jacke ragten dünne Ärmchen.

»Mama schickt mich, ich soll Feuer holen«, sagte er, verlegen von einem Fuß auf den anderen tretend, mit einem schrägen Blick auf das Häufchen Talkan neben dem Mühlstein.

Kinder sind Kinder. Wen rührt nicht der unschuldige Blick eines Kindes, der flehend verrät, daß es Hunger hat! Sejde füllte die kleine hohle Hand mit Talkan. Der Junge warf den Kopf zurück, schüttete alles auf einmal in den offenen Mund und schnaufte höchst zufrieden. Er wollte

Sejde danken, ihr etwas Gutes sagen, und lächelte sie mit seinen talkanbeschmierten Lippen zutraulich an.

»Tante Sejde, wenn unsere Kuh kalbt und Mama uns Erstmilch kocht, dann bringe ich eurem Amantur ein bißchen. Er kann doch schon essen, nicht? Erstmilch schmeckt gut, wie Quark!«

»Du mein lieber Junge, mögen deine Wünsche in Erfüllung gehen!« Sejde zog ihn gerührt an sich und küßte ihn auf die Augen. »Gott wird es geben, daß ihr Erstmilch habt und auch Sahne, wenn nur erst die Kuh gekalbt hat. Und dann bringst du unserem Jungen was, er hat ja schon Zähne!«

Sie dachte daran, daß Totoi und ihre Kinder immer noch nichts vom Tod ihres Ernährers wußten, daß sie immer noch auf Briefe warteten. Ihr war, als könne der Junge ihre Gedanken erraten, und sie fragte beiläufig: »Geht es deiner Mutter besser? Ich glaube, sie ist gestern nach Wasser gegangen.«

»Heute liegt sie wieder, der Kopf tut ihr weh. Ich wollte zu Hause bleiben, um ihr zu helfen, aber sie hat es nicht erlaubt, sie sagt: ›Wenn du nicht in die zweite Klasse versetzt wirst, dann schimpft Vater, wenn er zurückkommt.‹«

»Na, und ob! Natürlich schimpft er. Stell dir vor, er kommt nach Hause, und du ...«

Der Junge senkte seine langen Wimpern und ließ einen recht unkindlichen verzweifelten Seufzer hören.

»Was ist denn das? Wie kann man denn so seufzen!« rief Sejde. »Euer Vater kommt wieder, du darfst nicht so seufzen, das ist nicht schön!«

Später, nachdem der Junge mit einem Stück Glut gegangen war, saß sie lange vor der Mühle, die Hände kraftlos im Schoß. Der Seufzer des Jungen hatte sie erschüttert. Er war noch klein, aber er verstand schon alles.

Armes Waisenkind! dachte sie bedrückt. Und Totoi ahnt es natürlich auch, sie schweigt nur. Was soll sie auch tun, die Ärmste? Versuche mal einer, drei Kinder ohne Vater durchzubringen! Der Kolchos hilft ein bißchen, aber nur gerade so viel, daß sie nicht Hungers sterben. Neulich hat Totoi vom Speicher einen halben Sack Hafer nach Hause gebracht, immerhin besser als gar nichts. Ihre einzige Hoffnung ist jetzt die Kuh. Sie muß bald kalben, aber es zieht sich immer noch hin, offenbar ist sie im vergangenen Sommer zu spät zugekommen. Totoi schimpft ja oft morgens auf dem Hof. »Du verdammtes Biest!« schreit sie. »Wie lange sollen wir denn noch warten, wann willst du endlich kalben? Die Kinder sind schon ganz heruntergekommen, sie brauchen Milch, aber dich kümmert das nicht, du stehst nur herum und frißt!«

Es stimmt schon: Wenn sie erst mal Milch haben, dann ist es nicht mehr so schlimm. Aber wie wird das Leben bei ihnen jetzt weitergehen? Totoi kränkelt in letzter Zeit. Schade um Baidaly. Er hat sich selbst auf die Mine geworfen, er hat gewußt, daß es sein Tod sein würde, und es trotzdem getan. Das hat ihm sein gutes Herz eingegeben. Schicksal. Nun gut, irgendwie werden sie weiterleben, die Kinder werden heranwachsen. Natürlich ist es schwer. Jeder hat sein Päckchen zu tragen, sie das ihre und wir das unsere. Wir gehen ja an den Tschatkal, vielleicht wird es dort leichter. Einmal hat Totoi mich so nebenbei gefragt: »Stimmt es, daß Ismail geflohen ist?« Was sollte ich ihr antworten? »Ich weiß nicht, vielleicht; hier bei uns war er jedenfalls nicht.« Ob sie es geglaubt hat? Hauptsache, er gerät Myrsakul nicht unter die Augen. Myrsakul kennt kein Mitleid, er ist ein Feind! Gott bewahre uns vor Myrsakul!

Lange saß Sejde noch so da, in schwere Gedanken versunken. Sie wurde von Minute zu Minute unruhiger. Der unkindliche Seufzer des Jungen und seine hungrigen, bittenden Augen gingen ihr nicht aus dem Kopf. Ein Vorgefühl kommenden Unheils quälte sie.

Sie trat hinaus auf den Hof. Das Wetter hatte sich gegen Abend verschlechtert. Naßkalter Wind trieb vom Westen her Wolken heran, die düster am Himmel dahinzogen. Die Berge waren schon nicht mehr zu sehen. Der Mond lief gegen den Wind an, doch er traf immer wieder auf Wolken, die ihn behinderten. Manchmal verschwand er völlig, dann wieder schimmerte er matt hinter einer dunklen Wolkenschicht hervor. Es wird bald wieder schneien. Was Ismail wohl jetzt macht?

Am nächsten Morgen ging Sejde nach Wasser. Die Wolken bedeckten schon den ganzen Himmel. In großen Flocken fiel nasser Frühjahrsschnee. Sie trat eben aus der Gartentür, da hörte sie in Totois Hof Geschrei und weinende Stimmen. Auf der Straße sprengten Reiter im Galopp durch den Schneematsch. Was mag dort geschehen sein? dachte Sejde bestürzt. Sie warf die Eimer hin und lief hinüber. Die Totenklage für Baidaly sollte doch erst im Herbst sein! Hatte etwa jemand geplaudert?

Sie rannte um die Mauer herum und in den Hof. Erschüttert blieb sie stehen. Totoi löste sich aus der lärmenden Menge. Ihre Haare waren zerzaust, ihr Mantel, den sie nur halb angezogen hatte, schleifte auf der Erde. Sie lief zur Stalltür und schrie durchdringend, sich an die Brust schlagend: »Hier, liebe Leute, hier, seht her: Jemand hat das Schloß abgerissen und sie weggeführt! O dieses Unglück, Gott hat mich gestraft!«

Jemand schrie laut, um das Stimmengewirr zu übertönen: »Hast du sie gestern abend selbst angebunden und die Tür zugeschlossen?«

»Aber natürlich, liebe Leute, mit meinen eigenen Händen! Ich habe sogar ihr Euter befühlt, es war schon was drin. Die Kinder sind nur noch Haut und Knochen, wir haben so sehnlichst auf die Milch gewartet! Wie sollte ich da nicht für unsere gute Kuh sorgen, obgleich ich krank war! Die Hände müßten mir doch verdorren!«

Als Sejde begriffen hatte, was geschehen war, erschrak sie zutiefst. Sie dachte daran, wie Assantai am Abend zuvor zu ihr gekommen war und wie er von der Erstmilch gesprochen hatte, auf die er gewartet hatte wie auf ein Wunder im Märchen. Noch jetzt sah sie ihn vor sich, abgemagert, mit dünnem Hals, in der Wattejacke seines Vaters, die zerlumpten Ärmel aufgekrempelt. So hatte er dagestanden und sie mit seinen talkanbeklebten Lippen zutraulich angelächelt.

Wer kann so etwas tun, welch niederträchtiger Schuft? dachte Sejde empört. Nasse Schneeflocken fielen auf ihr Gesicht, rannen ihr den Hals herunter, doch sie stand wie angewurzelt. Sie sah, wie sich Totois Kinder heulend an den Mantel ihrer Mutter hängten. Der Kleinste war offenbar aus dem Bett auf den Hof gerannt. Er lief seiner Mutter in dem Schneematsch barfuß nach und schrie voller Angst: »Mama, Mama!«, doch Totoi schien ihn nicht zu bemerken; sie irrte wie besessen im Hof umher und schrie mit heiserer, überschnappender Stimme: »Wenn Baidaly zu Hause wäre, hätte es kein Dieb gewagt, in den Hof einzudringen! Verflucht sei ein Haus ohne Mann!«

Das Kind wird sich zu Tode erkälten, es ist ja schon ganz blau! dachte Sejde. Sie wollte eben zu ihm eilen und es auf den Arm nehmen, doch da trat Kurman aus der Menge. Er hielt den Kleinen fest, warf schweigend einen Blick auf die roten, mit Schnee und Schmutz behafteten Kinderfüße und band rasch seinen Gürtel auf. Dann hüllte er den Jungen in seinen Mantel, wärmte ihn in seinen Armen und nahm ihn mit sich. Jemand hob den zur Erde gefallenen Gürtel auf und wischte ihn sorgsam mit dem Ärmel ab. Als Kurman an Sejde vorbeiging, sah sie, wie er das Kind an seine Brust drückte und es mit seinem Atem wärmte.

»Wir nehmen euch alle drei in unsere Häuser auf, wir ernähren euch und ziehen euch groß, ihr sollt nicht verlassen sein!« sagte er vor sich hin. Sein nasser Bart zitterte, in seinen Augen standen Tränen.

Fast der ganze Ail war in Totois Hof versammelt. Eine unerhörte Tat! Zwar war es auch früher vorgekommen, daß man aus einem Hof Kühe oder Schafe gestohlen hatte. Doch diesmal waren die Leute nicht nur zusammengelaufen, weil ein Stück Vieh verschwunden war, sondern weil der Dieb an das Heiligste für jeden Ailbewohner gerührt hatte. Wer hatte es gewagt, sich an Baidalys verwaister Familie zu vergreifen?

Die Menschen auf dem Hof schwiegen bedrückt, doch im Herzen eines jeden klangen Verwünschungen auf. Myrsakul war schon mehrmals vor dem Hof hin und her geritten, hatte sich in den anderen Straßen umgesehen und kehrte schließlich mit dem Pferdehirten Barpy zurück. Wie ein Wirbelwind sprengte er in den Hof, mit wehendem Mantelärmel, die Zügel straff anziehend.

»Los, ihr Leute, macht euch bereit!« schrie er. »Wer kein Pferd hat, geht zu Fuß! Durchkämmt alle Hohlwege und Schluchten! Wir müssen die Kuh, müssen den gemeinen Hund von Dieb finden!«

»Wahr gesprochen!« riefen die Menschen von allen Seiten. »Er kann nicht weit sein! Wenn er die Kuh schon geschlachtet hat, wird sich das Fleisch finden, wenn nicht, dann hat er sie bestimmt in einem alten Kurgan versteckt!«

»So muß es sein! Durchsuchen wir alle Kurgane!«

Auf der Straße rief Myrsakul alle Frontkämpfer zu sich.

»Leute, ihr seid Soldaten. Hört zu: Ihr setzt euch aufs Pferd und erkundet die Straße zur Stadt!«

»Wir sind bereit, aber wir haben keine Pferde!«

»Nehmt sie euch aus dem Kolchosstall!« befahl Myrsakul.

»Der Vorsitzende wird sich eher aufhängen, als uns Pferde für so einen langen Ritt zu geben! Die werden jetzt fürs Pflügen geschont!«

»Er soll uns den Buckel runterrutschen!« schrie Myrsakul erbost. Sein Armstumpf fuhr in die Höhe und bewegte den Mantelärmel. »Ihr sattelt sofort die Pferde, ich übernehme die Verantwortung!«

Mit den anderen zusammen machte sich auch Sejde auf die Suche. Hinter dem Ail schwärmten die Leute nach allen Seiten aus. Wie ein Geier über den Hals des Pferdes gebeugt, verschwand Myrsakul hinter einem Hügel, und Barpy, der Pferdehirt, sprengte in entgegengesetzter Richtung davon, die Pelzmütze tief in das grimmige breitwangige Gesicht gezogen.

Da kam Sejde plötzlich ein schrecklicher Gedanke: Wenn sie nun Ismail fanden? Sie wunderte sich, daß ihr das nicht früher eingefallen war. Wie von Sinnen lief sie auf die fernen, steppengrasüberwucherten Wiesen zu.

Nebel wälzte sich als weißlicher dünner Dampf durch die Talgründe, zu schwach, sich von ihnen zu lösen und aufzusteigen. Das Erdreich gab unter Sejdes Füßen nach, der nasse Schnee durchtränkte ihre Kleider, die immer schwerer auf ihren Schultern lasteten.

Wie ein Vogel, der sein Nest bewacht, irrte sie durch das Steppengras, ängstlich darauf bedacht, daß niemand auf Ismails Versteck aufmerksam wurde. Verloren und armselig lief sie umher und beobachtete scheu, ob jemand auftauchte oder ihr nachkam.

O Gott, wende auch diesmal das Unheil von uns ab, laß sie vorübergehen! bat sie den Himmel, die Hände an die Brust gedrückt. Sag mir, was ich tun soll! Wenn sich die Kuh anfände zum Glück dieser Kinder, dann würden die Leute in den Ail zurückkehren! O Schöpfer, gib den Waisen die Kuh zurück, ich bitte dich, ich bin auch eine Mutter, ich habe auch einen Sohn, ich bitte dich um meines Sohnes willen!

Von einer Anhöhe zur anderen lief Sejde, durch Hohlwege und Schluchten, schreckliche Verwünschungen gegen den Dieb ausstoßend. Bald beherrschte sie nur noch ein Gedanke: Wenn man jetzt die Kuh fände, dann würden die Leute in den Ail zurückkehren. Das war die einzige Rettung, der einzige Ausweg. Also mußte die Kuh gefunden werden, und zwar so schnell wie möglich, jede Minute war kostbar.

Mit neuer Kraft lief sie weiter. Sie blickte hinter jeden Steppenbusch, hinter jede Bodenfalte, sie kroch durch Dornen und zerriß sich das Kleid. Doch nirgends waren Hufspuren einer Kuh zu sehen. Da tauchten im Nebel die schwarzen Umrisse eines alten zerfallenen Kurgans auf. Vielleicht war die Kuh dort versteckt? Halt, was war das? Stand da nicht eine? Ja, ja, in der Tat, es sah ganz so aus! Eine kleine schwarzgescheckte Kuh! O ja, mein Gott, sie ist es!

Die plötzlich aufwallende Freude benahm Sejde den

Atem. Sie blieb stehen, die Beine versagten ihr den Dienst. Gleich laufe ich auf den großen Hügel und rufe allen Leuten zu, sie sollen in den Ail zurückkehren! schoß es ihr durch den Kopf. Dann führe ich die Kuh auf Totois Hof und binde sie im Stall an! Hoffentlich ist sie es wirklich. Oder bilde ich es mir nur ein?

Sie rannte zu dem Kurgan und stand da wie vom Schlag gerührt. Sie sah keine Kuh, sondern nur ein Stück Lehmmauer.

Noch immer strich der Nebel schlaff und träge über die Erde. Auf die zerfallene Lehmmauer fiel der Frühjahrsschnee; er legte sich dicht auf verschrumpfte alte Kletten und setzte den zarten Stengeln des eben erst ans Licht tretenden jungen Grüns feine weiße Häubchen auf.

Als Sejde am Abend auf müden Beinen in den Ail zurückwankte, stand die schiefe Kuhstalltür in Totois Hof noch immer weit offen, und dahinter gähnte traurige Leere.

Zu Hause schrie der Kleine aus vollem Halse. Wahrscheinlich hatte er den ganzen Tag geweint. Er verdrehte die Augen, daß man nur das Weiße sah, sein Atem wurde von krampfhaftem Schlucken unterbrochen. Und zu allem Übel gaben Sejdes harte, übervolle Brüste lange keine Milch, sosehr sie auch tastete und drückte. Sie fühlte sich abgespannt und völlig erschöpft, ihre Wangenmuskeln zog ein Krampf zusammen wie bei einem Pferd, das man abgesattelt und die Nacht über schweißnaß in den Wind gestellt hat.

Sejde konnte sich nicht aufraffen, den Ofen zu heizen, und in ihrem Herzen war es genauso kalt und unbehaglich wie im ganzen Haus. Die Müdigkeit lähmte ihre Glieder. Sie bettete ihren Sohn schlecht und recht in die

Wiege und sank, ohne sich auszuziehen, auf den Fußboden.

In der Nacht erwachte sie durch ein Klopfen am Fenster. Beinahe hätte sie in ihrer Schlaftrunkenheit gerufen: »Wer ist da?«, doch sie begriff noch rechtzeitig, daß es Ismail war. Sie erschrak noch mehr. Mein Gott, reitet ihn denn der Teufel, daß er gerade heute kommt, wo so eine Aufregung im Ail herrscht?

Sie sprang auf, öffnete die Tür und flüsterte hastig: »Schnell, es steht schlecht im Ail!«

Rasch schob sie den Riegel vor und führte Ismail im Dunkeln ins Zimmer. Sie verhängte das Fenster und wollte eben die Ölleuchte anzünden, als sie etwas Schweres mit dumpf klatschendem Geräusch zu Boden fallen hörte. Im selben Augenblick überlief es sie eiskalt. Ihr war, als sei ein Stück ihres Herzens auf den Fußboden gefallen. Zitternd kauerte sie nieder; ihre Hand glitt suchend umher, ertastete etwas Weiches. Es war ein Sack mit Fleisch.

»Also du warst es!« schrie sie unterdrückt. Ein Krampf preßte ihr die Kehle zu.

»Still!« Ismails Augen blitzten in der Dunkelheit grünlich auf, er trat näher, und sein schwerer Atem traf ihr Gesicht. »Schweig, das geht dich nichts an!«

Sie schwieg. In ihrem Kopf drehte sich alles, als hätte jemand sie grob vor die Brust gestoßen. Sie saß auf dem Fußboden und stützte sich auf beide Arme, um nicht vornüber zu fallen. In diesem Augenblick hatte sie nur einen Wunsch: aus dem Hause zu rennen, schreiend davonzulaufen, um nicht zu sehen, nicht zu wissen, daß es auf der Welt solche Menschen gab. Doch ihr fehlte die Kraft, sich zu erheben. Selbst zum Schreien fehlte ihr die Kraft.

Sie kam erst wieder zu sich, als Ismail dumpf rief: »Was sitzt du denn da unten, mach Licht!«

Sie rührte sich nicht.

»Mach Licht, sage ich!«

Ismail beugte sich nieder und sah, daß Sejde auf den Knien zu ihm kroch.

»Hättest ... hättest lieber unsere Kuh abstechen sollen!«

»Bist du verrückt?« Ismail packte seine Frau an der Schulter und zerrte sie zu sich empor. »Schwatz kein dummes Zeug, du hast mich nicht zu belehren! Wenn es im Leben nur noch Wölfe gibt, dann muß man eben selbst ein Wolf sein! Jeder sieht zu, wo er bleibt! Hauptsache, man füllt sich den eigenen Bauch. Was kümmern dich die andern? Und wenn du verreckst vor Hunger, es hebt niemand auch nur den Löffel zu deinem Mund. Jeder sorgt für sich selbst. Wer seine Zähne gebraucht, der hat auch zu essen!«

Sejde erwiderte nichts.

Ismails Hand glitt von ihrer Schulter, tastete nach dem Kragen ihres Kleides und zerrte daran. Er schüttelte seine Frau derb; sein Atem roch nach halbrohem, nicht fertiggebratenem Fleisch.

»Warum schweigst du denn, he? Ich frage dich: Warum schweigst du? Wenn ich unsere Kuh geschlachtet hätte, woher hättest du dann die Milch für den Jungen genommen? Oder sind dir fremde Kinder lieber als dein eigenes? Und wie sollen wir ohne Kuh bis an den Tschatkal kommen? Denkst du daran oder nicht? Jetzt sind die Tage schon gezählt, die wir noch warten müssen, und du willst, daß ich in meiner Höhle vor Hunger krepiere! Oder stehen dir andere Menschen näher als ich? Den ganzen Winter habe ich in der Kälte gezittert, jetzt ist Schluß! Ich werde stehlen, ich werde rauben, ich bin nicht aus der Armee geflohen, um hier einzugehen wie ein Hund! Ich bin kein Idiot und habe nicht die Absicht zu verrecken!«

Draußen krähte ein Hahn. Es war Zeit zum Aufbruch. Ismail trat ans Fenster und lauschte, die Zigarette in der hohlen Hand. Dann redete er weiter: »Hast du die Sprache verloren? Versteck das Fleisch und koch es in der Nacht. Die Knochen vergrabe im Schuppen, aber tief genug, damit die Hunde sie nicht auswühlen!«

Er zog noch einmal an der Zigarette; ein unheimlicher rötlicher Schein fiel auf den unteren Teil seines Gesichts und ließ ein Paar nasse Lippen und raubtierhafte Nüstern aus der Finsternis hervortreten. Dann warf er die Kippe auf den Fußboden, trat sie aus und verließ den Hof.

Je heller es vorm Fenster wurde, um so unverwandter starrte die grauhaarige junge Frau nach draußen. Sie schien zu beobachten, wohin sich die nächtliche Finsternis vor dem Licht des aufsteigenden Tages zurückzog. Einen Arm über die Wiege gelegt, blickte Sejde regungslos aus dem Fenster. Dort, hinter dem kleinen Fensterchen, lag die Welt, der Ail, da waren die Menschen. Unter ihnen lebten Kurman, Totoi mit ihren drei Kindern, der einarmige Myrsakul und – Ismail. Ja, Ismail auch. Nein, du bist ihnen nicht gleich. Wer das Volk in der Not im Stich läßt, wird, ob er will oder nicht, zu seinem Feind! Ich habe es nicht verstanden, dich davor zu bewahren, und ich hätte es auch nicht gekonnt!

Sejde stand auf. Sie band die Windeln zusammen, zog den Übermantel an und schlang einen Strick fest um ihre Hüften wie ihre Nachbarin Totoi.

An der Tür blieb Sejde stehen und überlegte. Der Kleine schlief nichtsahnend auf ihren Armen; nur wenn eine Träne der Mutter auf sein Gesicht fiel, runzelte er die

Stirn und drehte das Köpfchen. Dann hob sie den Sack mit dem Fleisch vom Boden auf, warf ihn über die Schulter und überschritt entschlossen die Schwelle.

Sejde ging auf einem kaum sichtbaren Schafspfad durchs Steppengras. Ihr folgten Myrsakul zu Pferd und zwei Soldaten mit Gewehren.

Vor zwei Stunden hatte der Kommandeur der Militärwache am Tunnel den beiden Soldaten befohlen, in die nahe Siedlung zu gehen und sich dem Vorsitzenden des Ailsowjets zur Verfügung zu stellen. Sejde befand sich auf dem Weg in die Kleine Schlucht, zu den Hirten. Sie würde nie mehr in den Ail zurückkehren.

Die Soldaten sprachen leise miteinander.

»Hör mal, ist das die, der man die Kuh gestohlen hat?«

»Sieht ganz so aus.«

»Sie muß den Dieb aufgespürt haben. Ein Prachtweib! Aber warum in aller Welt schleppt sie das Kind mit?«

»Wer weiß? Sie kommt mir ein bißchen sonderbar vor, weiß Gott! Vorhin hat der Vorsitzende zu ihr gesagt: ›Setz dich aufs Pferd mit deinem Kind!‹ Aber sie hat kein Wort geantwortet, hat sich umgedreht und ist losgegangen. Scheint ihren Stolz zu haben!«

Der Trupp erreichte eine steile Schlucht, an deren Hängen Gestrüpp und wildes Weidengebüsch wuchsen. Sejde stieg hinab und blieb an einer Wegbiegung stehen.

»Dort drüben, hinter den Büschen!« Sie zeigte mit der Hand hin, und alles Blut wich aus ihrem Gesicht. Ohne sich bewußt zu werden, was sie tat, band sie ihr Kopftuch auf, setzte sich hin und gab dem Kind die Brust.

Die Soldaten gingen vorsichtig hinter Myrsakul her. Als sie sich dem Gebüsch näherten, wollte Myrsakul absitzen. Da rief vor ihm eine Stimme: »He, Myrsakul!

Zurück! Ich habe nichts zu verlieren, nimm dich in acht! Ich lege dich um! Verschwinde!«

»Hände hoch! Ergib dich!« rief Myrsakul und trieb sein Pferd vorwärts.

Durch die Schlucht hallte ein Schuß. Sejde sprang auf. Sie sah, wie Myrsakul vornüber auf den Hals des Pferdes fiel, wie sich seine Hand krampfhaft an die Mähne klammerte und der Stumpf des anderen Armes hilflos im Mantelärmel zuckte. Dann wurde sein Körper schlaff, und er stürzte wie ein Sack zur Erde.

Im selben Augenblick eröffneten die Soldaten das Feuer. Ismail antwortete mit rasch aufeinanderfolgenden Schüssen. In den Bergen dröhnte das Echo.

Plötzlich schrie einer der Soldaten entsetzt: »He, Frau! Wo willst du denn hin? Zurück! Zurück, sage ich! Er bringt dich um!«

Den Sohn auf dem Arm, mit herabrutschendem Kopftuch, ging Sejde auf das Gestrüpp zu, in dem sich Ismail versteckt hielt. Sie ging ruhig und sicher, als drohe ihr keine Gefahr.

Ihre Lippen waren zusammengepreßt, ihre Augen weit geöffnet, und ihr Blick war fest. Eine gewaltige innere Kraft ging von ihr aus – der Glaube an Gerechtigkeit und an ihr eigenes Gewissen. Schritt für Schritt näherte sie sich dem Schilf. Die Soldaten waren ratlos. Sie wußten nichts anderes zu tun, als ihr nachzurufen: »Zurück! Kehr um.«

Doch Sejde achtete nicht auf die Rufe, als hätte sie sie gar nicht gehört.

Minutenlang lastete eine in den Ohren klingende tiefe Stille auf den Bergen ringsum. Die hinter Felsbrocken verborgenen Soldaten, Myrsakul, der, seine eine Hand krampfhaft geballt, lang ausgestreckt auf der Erde lag, die überhängenden Felsen, die fernen Berggipfel, alles war in gespannter Erwartung erstarrt. Jeden Augenblick konnte ein Schuß krachen und die Frau mit dem Kind auf dem Arm töten.

Ein Windstoß durchbrach die furchtbare Stille. Er strich über das Gebüsch, schlug Sejde ins Gesicht und riß das Tuch von ihren Schultern. Doch auch jetzt zuckte kein Muskel in ihrem Antlitz. Zorn und Entschlossenheit führten sie weiter vorwärts. Den Kopf hoch erhoben, ihren Sohn an die Brust gedrückt, folgte sie dem Ruf einer großen Pflicht.

»Halt! Halt!« riefen die Soldaten verzweifelt.

Die Gewehre fest in den Händen, stürzten sie ihr nach. Da sprang Ismail aus dem Gebüsch. Er trug seinen zerrissenen grauen Uniformmantel. Von seinem qualvoll verzerrten, unrasierten Gesicht rann schmutziger Schweiß. Schnaubend vor Wut, hob er das Gewehr zum Schlag. So kam er drohend auf seine Frau zu.

Der Abstand zwischen ihnen wurde immer kleiner. Jetzt standen sie einander dicht gegenüber, Aug in Auge. Doch Ismail erkannte die frühere Sejde nicht wieder. Die grauhaarige, barhäuptige Frau, die ihm, ihren Sohn auf dem Arm, so furchtlos entgegentrat, war eine andere, ihm fremde, und es schien ihm plötzlich, als stehe sie in ihrem Leid hoch, unerreichbar hoch über ihm, als sei er ohnmächtig und armselig vor ihr.

Er wankte, schleuderte den heranlaufenden Soldaten das Gewehr vor die Füße und hob die Hände.

Worterklärungen

Ail	kirgisisches Dorf
Aksakal	ehrerbietige Anrede für einen älteren oder höherstehenden Mann, wörtlich: Weißbärtiger
Alatau	Gebirge in Kirgisien
Aryk	Bewässerungsgraben
Baibitsche	ehrerbietige Anrede für eine ältere Frau
Beschmet	Halbrock
Busa	Getränk aus gegorener Hirse mit Zimt und Ingwer
Dshene	Frau des älteren Bruders. Plural: Dsheneler
Dshigit	junger Bursche
Ene	Mutter
Enekebai	Mütterchen
Kajyn	jüngerer Bruder aus der Sippe des Mannes
Kelin	jungverheiratete junge Frau
Ketmen	eine Art Hacke
Komus	kirgisisches dreisaitiges Zupfinstrument
Kosch!	(Kosch! Kajyr kosch!) kirgisischer Abschiedsgruß
Kulak	Großbauer
Kurgan	vorgeschichtliches Hügelgrab
Machorka	grober Tabak
Mirab	Bewässerungstechniker
Schikama	das Kräftesammeln vor einer Bergbesteigung
Süjüntschü	Geschenk für eine gute Nachricht
Talkan	gemahlenes, geröstetes Korn
Tschatkal	Fluß in Kirgisien

Tschingis Aitmatow im Unionsverlag

Der Schneeleopard
Für beide scheint es keinen Platz mehr zu geben – weder für den alten Schneeleoparden noch für den Journalisten Arsen, der gegen Oligarchen und Fanatiker anschreibt.

Dshamilja
Im Vorwort zu dieser Neuausgabe hält Aitmatow Rückschau auf die Geschichte von Dshamilja und Danijar, die »zur schönsten Liebesgeschichte der Welt« wurde.

Goldspur der Garben
Die Kolchosbäuerin Tolgonai erzählt am Totengedenktag dem Feld von ihrem Leid. Ihren Mann und ihre drei Söhne hat sie im Krieg verloren. In einfachen Worten ruft Tolgonai ihr ganzes Leben in Erinnerung.

Das Kassandramal
Die bedrängende Frage nach der Gefährdung aller Gattungen und Lebensgrundlagen wird hier in uns selbst, in der Tiefe der ureigensten Verantwortung ausgelotet.

Kindheit in Kirgisien
Aitmatow erzählt von einer Jugend, die ebenso reich wie schwer war: überschattet von Stalins Säuberungen, ausgesetzt den Tragödien des Krieges, aber auch getragen vom Zusammenhalt und der reichen Tradition seiner Sippe und seines Dorfes.

Die Klage des Zugvogels
Frühe Erzählungen aus den Jahren 1953–1965. Sie dokumentieren den Weg des Autors zum Erneuerer einer erstarrten Literatur.

Mehr über alle Bücher und Autoren auf www.unionsverlag.com

Tschingis Aitmatow im Unionsverlag

Liebesgeschichten
Die Geschenkausgabe zum 70. Geburtstag Tschingis Aitmatows enthält die drei schönsten Liebesgeschichten: Dshamilja, Du meine Pappel im roten Kopftuch und Aug in Auge.

Du meine Pappel im roten Kopftuch
Iljas, der Lastwagenfahrer, will den verschneiten Tianshan bezwingen. Dabei verspielt er die Liebe seines Lebens und verstrickt sich in den Fängen seines Stolzes.

Der Richtplatz
Awdji Kallistratow, der ausgestoßene Priesterzögling, geht auf die Suche nach den Wurzeln der Kriminalität – eine Reise, die für ihn zum Kreuzweg wird.

Ein Tag länger als ein Leben
Die erweiterte Neuausgabe: »Angesichts des Wirbels von Ereignissen hatte ich begriffen, daß ich den Roman anders schreiben mußte – ohne zu vereinfachen, ohne mich zu zügeln.«

Der weiße Dampfer
»Er hatte zwei Märchen. Ein eigenes, von dem niemand wußte. Und ein zweites, das der Großvater erzählte. Am Ende blieb keines übrig. Davon handelt diese Erzählung.«

Abschied von Gülsary
Der Hirte Tanabai und sein Prachtpferd Gülsary haben ein Leben lang alles geteilt: Arbeit und Feste, Siege und Niederlagen, Sehnsucht und Enttäuschung.

Mehr über alle Bücher und Autoren auf www.unionsverlag.com

Unionsverlag Taschenbuch

»Die Taschenbuchreihe des Unionsverlags hat ein ganz eigenes Profil, sie ist mehr eine kleine Bibliothek, als dass sie auf raschen Verbrauch setzte.« *Heinrich Vormweg, Süddeutsche Zeitung*

Álvaro Mutis, Die letzte Fahrt des Tramp Steamer (UT 419)

Friedrich Glauser, Die Wachtmeister-Studer-Romane (UT 414)

Betty Mindlin (Hg.), Der gegrillte Mann (UT 413)

Yaşar Kemal, Der Sturm der Gazellen (UT 412)

Jørn Riel, Das Haus meiner Väter (UT 411)

Miral al-Tahawi, Gazellenspuren (UT 410)

Leonardo Padura, Adiós Hemingway (UT 409)

Manfred Wieninger, Kalte Monde (UT 408)

Celil Oker, Dunkle Geschäfte am Bosporus (UT 407)

Patrick Boman, Peabody geht in die Knie (UT 406)

Joe Gores, Hammett (UT 405)

Mia Couto, Unter dem Frangipanibaum (UT 404)

Yaşar Kemal, Das Reich der Vierzig Augen (UT 403)

Nagib Machfus, Die Midaq-Gasse (UT 402)

Reise nach Bali (UT 401)

Reise nach Thailand (UT 400)

Jørn Riel, Vor dem Morgen (UT 399)

Zakes Mda, Die Madonna von Excelsior (UT 398)

Jean-Claude Izzo, Leben macht müde (UT 397)

Abdelwahab Meddeb, Die Krankheit des Islam (UT 396)

Sally Morgan, Ich hörte den Vogel rufen (UT 395)

Jörg Sambeth, Zwischenfall in Seveso (UT 394)

Manfred Wieninger, Der Engel der letzten Stunde (UT 393)

Bill Moody, Bird lives! (UT 392)

Sahar Khalifa, Die Verheißung (UT 391)

Friedrich Glauser, Gourrama (UT 390)

H.R.F. Keating, Inspector Ghote reist 1. Klasse (UT 389)

Garry Disher, Flugrausch (UT 388)

Peter O'Donnell, Modesty Blaise – Ein Hauch von Tod (UT 387)

Fritz Mühlenweg, Mongolische Reisen (UT 386)

Juri Rytchëu, Der Mondhund (UT 385)

Mehr über alle Bücher und Autoren auf www.unionsverlag.com